JN156332

ファーランドの聖女2

登場人物紹介
アムリット
フリーダイルの王女。
「水呪」と呼ばれる
強力な水の力を持っている。
ヴェンダントには嫌々
嫁いできたが、次第に
サージに惹かれるように。
サージ
ヴェンダントの国王。
苦難を乗り越え、魔術師としての
本来の力を取り戻した。
アムリットにベタ惚れだが、
本人にはいまいち伝わっていない。

リーザ
サージの母。
数年前に国を襲った
流行病で死んだはず
だったが……
フリッカー
アムリットの弟。
幼いながら頭脳明晰で、
抜け目のない交渉術から
ヒル王子と呼ばれている。
ダラシア
サージの元第一妃。
とある事件をきっかけに
王宮を追放された。
エグゼヴィア
アムリットの祖母。
以前はバッチャと名乗り、
アムリットの侍女を
務めていた。
イグナシス
アムリットの祖父。
聖獣使いで、サージとは
かつて師弟のような
関係にあった。

目次

ファーランドの聖女2

第一章　封じられた魔導石

1

小国フリーダイルの王女アムリットが、砂漠の大国ヴェンダントに嫁いで一ヶ月余り……問題だらけの毎日で、体感としては一年以上経っている気がする。

波乱の日々は、彼女に仮初め（かりそ）の夫だったはずのサージへの恋心を自覚させた。事態の収束にようやく目途（めど）が立った今、アムリットはまだ想いが芽生える前のある出来事を思い出していた。

「ずっと部屋から出ないと気が滅入（めい）るでしょう、中庭に出てみませんか？」

ある日、離宮のアムリットのもとにやってきたサージがそんなことを言い出した。大国ヴェンダントの王である彼は、呪禁符塗れ（じゅきんふまみ）の姿で引き籠（こも）る妃を連れ出そうと必死なのだ。

戸口に立っていた近衛（このえ）隊長のエイダンが、またろくでもないことを、と言いたげに細めた視線を送ってくる。サージに心からの忠誠を誓う彼だが、妃のアムリットを快く(こころよ)思っていなかった。

先の暗殺未遂事件で犯した失態への罰として、アムリットはエイダンを下僕扱いし、方言のデンボ弁で「ゲスゲス」(はいはい)言わせている。その上、大事な主(あるじ)が何を血迷ったのか、呪禁符塗れ(じゅきんふまみ)のミノムシ王女なんかにのぼせ上がってしまったのだ。彼が不快に思うのも無理はない。

しかし、生真面目なエイダンは己の立場を弁え(わきま)、王の前で余計な口出しはしない。アムリットは遠慮なく口出ししてくれ、と念を送っていたのだが、真一文字に閉ざされたエイダンの口が開くことはなかった……役立たずな下僕である。

「いぇーで、ねらすかぁー」(いいじゃないですかー)

一方、バッチャはデンボ弁で余計な口を突っ込んでくる。アムリットの専属侍女として祖国フリーダイルから遠路遥々(はるばる)やってきた彼女は、何故かサージを気に入っていた。

嫁いだばかりのアムリットにサージがぶつけた暴言や、元第一妃ダラシアの側仕え(そばづか)の少女が起こした暗殺未遂事件の顛末(てんまつ)まで、洗い浚い(ざら)話したのに……もっとも、この国の長老ホレストルに一目惚れするくらいだから、男の趣味が悪いのは分かっているけれど。

「バッチャは黙っててっ……陛下はお忘れかもしれませんが、私はもともと『水呪(すいじゅ)』なので城の離れの塔で二十三年間も過ごしてきたんです。同じところに居続けることには慣れてますし、精神的に参ったりしませんから」

バッチャに釘を刺しつつ、アムリットは丁重な断り文句を口にした。弟のフリッカーから王の機嫌を損なうなと重々言いつけられているので、最低限の礼は尽くす。

「ですがフリーダイルとヴェンダントでは、環境が根本的に違います。貴女もここでは水を操るのも一苦労だと、おっしゃっていたではありませんか……窓のないこの部屋よりも、空が見えて風も吹く中庭の方が余程涼やかです。きっと気持ちが解れるはずですよ」

丁重に断ったのに、サージはなおも無神経に誘ってきた。

アムリットの苛立ちは増すばかりで、全身に纏った呪禁符がザワザワと耳障りな音を立てる。

場所の問題ではないということに、いい加減気付いてほしい。

もしかしたら敢えて無視しているのかもしれないが、気づまりな相手と一緒ではどこに行ったたって気が晴れるわけがない。

大体、命に危険が及ぶような生活を強いておいて、ちょっと微笑んで誘っただけでコロッといくと思われては心外だ。そんな脳味噌の軽い女しか周りにいなかったのだろうか。そんなのと一緒にされては困る。

サージが元第一妃ダラシアへの報われぬ想いを涙と鼻水交じりで切々と語った姿は、まだ記憶に新しい。アムリットの慰め（よくよく考えたら、被害者である自分が加害者を慰めるのもおかしいが）を誤解した彼にそのままの勢いで押し倒されかけ、返り討ちにしたことも。

「重ね重ね、お心遣い感謝します……ですが、このところいろいろあって本当に疲れているんです。部屋でゆっくり休ませてください」

これまでのことを思い出し、一層嫌悪感を深めたアムリットは、「いろいろ」を殊更強調して言った。だんだんと棘を隠すのも面倒になってきたのだ。

元第一妃ダラシアの側仕えの少女が計画した身勝手な暗殺事件。それが未遂で終わったのは、偏にアムリットの強運と努力のお陰だ。杜撰な警備体制についての警備責任者エイダンの謝罪もふざけたものだったし、この国はどこまでも自分を舐めている。

「水呪」の娘はそう簡単には死なないし、呪いを恐れて誰も味方になったりしないだろう……そんな考えが透けて見えた。

散々な待遇をしてきたくせに、謝罪という名の言い訳をした上、更に被害者面して縋ってくるなんて勝手過ぎる。

「離宮の庭に、どうしても貴女にお見せしたいものがあるのです。それ程時間も掛かりませんし、それさえ済めばすぐに退散しますから」

笑みを引っ込めたサージが懇願してくる。ザワザワ、ザワザワと紙擦れの音をさせて苛立つアムリットを前にしながら、本当にしつこい。

「……それでは、本当に少しだけ。見たらすぐに帰りますから」

渋々ながらアムリットが応じると、彼はホッとした様子で微笑んだ。

＊＊＊

ヴェンダントに来て以来、ずっと押し込められていた部屋から出たアムリットは、前を行くサージの後ろ姿を見つめていた。

彼に何やかやと理由を付けられ、バッチャもゲス下僕も同行していない。

暗殺未遂事件から間もないのに、この国の警備体制は本当に大丈夫なのだろうか……最早呆れ果てて文句を言う気も失せる。

アムリットの住む離宮を上から見ると、花の形をしているそうだ。かつて、聖泉ファーランドの水面(みなも)に咲いていたヒツジグサの花を模(も)しているらしい。妃達の部屋が花弁のように放射線状に配置され、その中央にあるのが今向かっている中庭だった。

程なくして石造りの廊下が途切れ、足元が砂地に変わる。

相変わらず雲一つない炎天だ。空気はカラカラに乾き切っていて風もなかったが、屋根付きの通路なので、そこまで暑さは感じなかった。

円形の中庭の中央には、黒光りする巨大な丸い石盤がある。アムリットに割り当てられた部屋と同じくらいの大きさではなかろうか。

砂らしき細かな青白い粒状のものが敷き詰められていて、まるで水を張っているかのように見えた。そこから乳白色の石を彫り出して作った花や、翡翠（ひすい）で作った緑色の茎が突き出している。恐らくこれもヒツジグサなのだろう。

その前には、布製のテントのようなもので天井を覆（おお）った東屋（あずまや）があった。

ここ最近続く水不足のせいなのか、あるいはもともとなのか、庭という割には本物の植物や水場が一切ない。

「あれは、ファーランドの泉を模（も）しているのです」

中央の石盤を示しながら、サージがアムリットに説明してくれる。

「陛下がおっしゃっていた見せたいものというのは、あれですか？」

確かに見事な彫刻だとは思うが、正直言って、強引に誘ってまで見せるようなものとは思えなかった。

「ええ、あの砂舞台です」

「砂舞台？」

耳慣れない言葉に、アムリットは小首を傾げる。

「あれはただの芸術品ではなくて、一つの楽器なのですよ。石盤に敷き詰めてあるのは鳴き砂です……今から演奏しますので、是非聴いてほしいんです。どうぞ、そこに座って」

アムリットに東屋（あずまや）へ移動するよう促（うなが）すと、サージは砂舞台へと向かっていった。アムリットが半信半疑で東屋（あずまや）のベンチに腰を下ろせば、彼は鳴き砂を敷き詰めた石盤の上に上がる。

サンダルを履いた足が青白い砂を踏むと、キュッと動物の鳴き声のような甲高い音が鳴った。長衣と頭を覆うガトラを翻してステップを踏むように、サージが軽やかに移動する。その度に複雑な音階が奏でられ、アムリットは目を見張った。

適当に移動しているだけに見えたが、着地する先々に白いヒツジグサの花の彫刻があった。彼のステップに合わせ、細かく揺れている。ただの美しい彫刻ではなく、それも楽器の一部なのだ。

そう言えば、ヴェンダントにやってきた日の夜に催された宴で、楽団が奏でる管楽器に交じり、似たような楽器があった。さすがにここまでの規模はなく、精々手洗い用の水盤くらいの大きさだったが。

件の楽器の前に座った楽士は、その中に忙しなく手を突き入れていたような……ゲテモノ料理の数々や、スケスケ衣装の踊り子達等々、他に気になることがてんこ盛りだったので、あまりはっきりとは覚えていない。

大体宴が始まって幾許も経たぬ間に、アムリットとサージは中座することになったのだ。旅疲れで早く休みたいと言った自分の発言を、長老ホレストルが邪推して先走ってしまったせいで。

アムリットには未知の楽器であるし、サージの演奏の良し悪しも分からなかったが、この涼やかな音は嫌いではない。鈍臭いと思っていた彼の意外な特技に驚かされるとともに、あの悪趣味な宴よりも余程楽しめる気がした。

嗚呼、見目麗しいのは得だな……とつくづく思う。

いつになく真剣な彼の横顔から、この演奏技術は持って生まれた才能ではなく、努力によって身に付けたものであろうことも窺えた。

つらつらと考えていると、ジャーンと石盤が一際高く鳴り響き、サージの足が止まった。どうやら演奏が終わったらしい。長過ぎず短過ぎず、尺も丁度良い。

アムリットが拍手を送ると、彼は綺麗に一礼して砂舞台から下りてきた。

「意外な特技に驚きました。音楽のことはよく分かりませんが、聞いていて涼しい気持ちになりました」

楽しめたのは事実なので、アムリットは素直に気持ちを伝える。

「良かったです。半ば無理矢理誘ったので、お気に召さなかったらどうしようかと内心冷や冷やしていました……見様見真似で、誰に師事したわけでもありませんから」

額に浮いた汗を袖で拭いながら、心底ホッとした様子でサージが言う。

その笑顔は、まるで芸を褒められた犬のようだ。尻尾を盛大に振っている幻覚が見える。アムリットに褒められるのは初めてのことなので、余程嬉しかったのだろう……だが、ここまで純粋に喜ばれると、何だかこそばゆい。

「独学だったんですか？」

アムリットが気を取り直して尋ねると、サージの笑顔に微かな苦みが走った。

「実は、鳴き砂は本来女性の楽器なんです。ここも、離宮を訪れた王をもてなすために、妃達が演奏する場所だったんですよ。幼い私は、滅多に会えない母の歓心を買うために、こっそり覚えて演奏してみせようと思ったんです。そして、満を持して母の前で演奏したんですが、手酷く怒られてしまいましたよ……仮にも王子である私のすることではないとね」

彼の母親リーザは、第四妃だったと聞いている。彼女もアムリットと同じように、この離宮で暮らしていたのだろう。離宮は男子禁制だから、たとえ王子といえども滅多なことでは入れなかったようだ。

母を喜ばせようという一心だったのに、こっぴどく叱られたら幼い彼は甚く傷付いただろう。いくら王子に相応しくない振る舞いだったとしても、その気持ちだけなら受け取ってあげていいはずだ。

「……陛下、そろそろ部屋へ戻りましょうか。着替えないと、汗臭いですよ」

いろいろ言いたいことはあったが、結局アムリットの口から出たのはぶっきらぼうな言葉だった。どうせ自分はフリーダイルに帰るのだ。その気持ちは変わらない。

下手な同情や慰めの言葉は、彼を期待させるだけ……その気もないのに優しくするのは、偽善者のやることだ。

「ははっ、済みません。不躾でしたね……最後にくだらないことまで話してしまいました。どうか忘れてください」

サージは乾いた声で笑い、踵を返した。いつもは突っ撥ねられると分かっていながら、性懲りもなく手を差し出してくる彼だが、今回ばかりはそれもしない。

自分が汗臭いと言ったからだろうか？

アムリットは空っぽの両手を握り締め、黙って彼の後に続いた。

2

長老議会の長、ホレストルの屋敷の地下にある土蔵。そこへ続く階段を下り切ると、前を行くサージの歩みがピタリと止まる。

鳴き砂を聴かせてもらった日のことを思い出していたアムリットは、ぶつかりそうになって慌てて足を止めた。

サージが軽く左手を掲げると、その甲が松明のように輝き、薄暗い周囲を照らし出す。

床板を支えるための支柱が等間隔に立ち並び、その間を縫うように大小様々な箱が雑然と積み上げられていた。大半が木製か、葦の葉で編まれた長持なのは、ここが湿気とは無縁の砂漠地帯だからだろうか。

邸宅の規模に見合う広々とした土蔵を前にして、アムリットの口からは溜め息が漏れる。生まれてすぐに盗まれたという、サージの魔導石の欠片。それは、この土蔵のどこかにあるらしい。文字通り山のような荷物の中から、掌に収まるくらい小さな魔導石を見つけなければならない。

シンと静まり返った土蔵に溜め息は大きく響き、サージが彼女を振り返った。そして、手の甲の魔導石を示す。

「大丈夫ですよ、アムリット姫。探すのはこれの双子石ですから。手当たり次第に検めずとも、どの箱に入っているかは特定できます」

溜め息からアムリットの懸念を察したらしく、柔らかな笑みとともに丁寧に答えてくれた。

あの毒泉の中では呼び捨てだったのに……と、そんな些細なことに不満を感じる自分に、アムリットは呪禁符の下でこっそり狼狽えていた。

それまで常に卑屈でオドオドしていたサージだが、今の彼にそうした態度は窺えない。

彼ら魔術師にとって、生まれ持った魔導石は魂の次に大切なもので、心臓石とも呼ばれている。

物心つく前に三つに砕かれ、奪われたそれを取り戻す目途が付いたことで、彼は精神的な安定を手に入れたのだろう。

ホレストルの口を割らせるため、サージはその力の片鱗を見せた。

彼が魔導の力を発動した際、呪禁符越しに肌身を舐めた無色透明の波動……まだ完全ではないというそれは、「水呪」と言われた自分の力さえ凌ぐかもしれないとアムリットは直感した。

強大な力を得たことで、驕り高ぶる人間は多い。それまで理不尽に虐げられていた者ならば、なおさらだ。生まれ持った力を奪われ、不当に蔑まれていたサージだが、それでも取り戻した力を悪戯に行使しようとはしなかった。

　理由なき差別をもたらした張本人――ホレストルが目の前にいたというのに。報いを受けて当然の人間に対する彼の反撃は、アムリットからすれば手緩かった。

　大量のフナムシにたかられたホレストルの姿は壮絶で、精神的苦痛も決して小さくはなかろうが、命に危険が及ぶわけではない。鋼のように硬い筋肉を持つあの老人なら、多少齧られたところで致命傷にはなり得ない。

　実際、少し前にもバッチャ――アムリットの祖母であるエグゼヴィアからフナムシ攻撃を受けたらしいが、素っ裸に近い夜着姿の彼の身体に大した傷跡は見当たらなかった。

　だが、サージにはそれでも十分だったようだ。虐げる側は自分には向かないとも言っていた。どこか浮かないその表情は、残虐な行為に快感を覚える者が浮かべるものではなかった。力を得る前と得た後で、彼の根本的な性質は変わっていなかったのだ。

　変わってしまったのは、アムリット自身の気持ちだけだった。サージへの気持ちが同情ではなく恋心であると認めた途端、彼に対する見方が変わった。

　今更、こんな歳になって初恋だなんて……しかも相手は離縁を言い渡してきた元夫。それだけで十分に絶望的だ。

　想いが芽吹いたのは、サージが力を取り戻す前のこと。一度は祖国を追われ、虐げられることに慣れ切った、後ろ向きで臆病な人間だと思っていた頃だ。

サージが初めからアムリットの祖父母のように強い人間だったなら、心惹かれることはなかったかもしれない。

毒泉の底でもがくアムリットを命懸けで救出に来てくれた時も、心が震えることはなかったかもしれない。

彼が無力で臆病だったからこそ、その勇気が際立った。お陰で自分に対する想いも、一時の気の迷いだと一蹴できなくなった。

祖国フリーダイルへ帰れと言われた時、思いの外動揺したのはそのせいだ。

無意識に、彼の気持ちに応えたいと思い始めていたから。


「ここだ……って、あれっ……アムリット姫？」


耳を衝いた声で我に返ると、少し先の支柱と箱の間で赤い光がチラチラと揺れていた。アムリットが再び記憶の中に潜っていた間に、サージはさっさと魔導石の在処を割り出していたようだ。

「済みません！　考え事をしていて、うっかり見失っていました」

「いえ、私もついてきてくださっていると思い込んで、石の在処を探ることに夢中で……申し訳ありません」

正直に謝罪して走り寄ったアムリットに対し、サージは首を横に振る。国王らしからぬ腰の低さも相変わらずだ。

「……それで、どの箱ですか？」

謝罪合戦をしても仕方ないと割り切り、アムリットは尋ねる。

すると、彼は周囲にうずたかく積まれた箱には目もくれず、おもむろに足元を指差した。つられて見遣るも、そこには剥き出しの砂地があるだけだが……もしかして。

「埋められているようです。ご丁寧にも、随分と深いところに」

純白の長衣が汚れることも厭わず片膝をついたサージは、そう言いながらペタリと左手を地につける。鈍く点滅していた手の甲が、まるで松明の火が爆ぜるようにボウっと強く瞬いた。

周囲の土の色が変色し始め、アムリットの鼻にどこか懐かしい匂いが届く。

「……水脈がある」

微かな涼気を嗅ぎ取った彼女が呟くと、サージは大きく頷いた。

「この下に、蜘蛛の巣のように複雑な流れが集結しているのが分かりますか？　どうやらヴェンダントの地下水脈の中心点らしい……これは、まるで結界です。ホレストルには無理だ。一体誰がこんな真似を？」

彼の表情がだんだんと険しくなり、アムリットは赤く発光するその手の下で、湿り気を帯びていく砂面に目を凝らす。

地下を縦横無尽に走る水の道が、脳裏に浮かび上がってきた。鮮明に浮かび上がったそれはヴェンダントにやってきた日、城門前の砂地から湧き上がらせた地下氷河と同じように凍りついている。
サージが言った通り、全ての水脈に通じる地下深くの中心部は、結界……いや、分厚(ぶあつ)い氷の監獄さながらだ。何本もの氷柱が絡み合って固まったその中に、赤く輝くオーバルな輝石が重々しく鎮座していた。

「……呼んでる」

まるで操(あやつ)られているかのように口を衝(つ)いて出た言葉を、アムリットは他人事のように聞いていた。
どういうことかと考える暇(いとま)もなく、全力疾走した後のように動悸が速くなり、眩暈(めまい)を覚えてその場に尻もちをつく。

「アムリット姫っ……？」

すぐ傍(かたわ)らにいるはずなのに、サージの声が酷(ひど)く遠くに聞こえる……まるで、水の中にいるように。

3

「……呼んでる」

跪いて砂面を見つめていたサージがアムリットの異変に気付くまで、僅かな間があった。

感情の抜け落ちた声と、不安を煽るような紙擦れの音に顔を上げた時、アムリットの身体が大きく傾ぐ。次の瞬間には、砂の上にドサリと崩れ落ちていた。

「熱っ……！」

素早く抱き起こそうとしたサージだが、彼女の身体はあり得ない熱を発している。彼は咄嗟に、その手を引いてしまった。

直後、足元から濛々と蒸気が立ち昇り、砂面がグニャリと沈み込んだ。

「やめてくださいっ、危険です……！」

「行かないとっ、……待ってるから……ずっと！」

アムリットの仕業だと即座に悟ったサージが制止するも、彼女の耳には届いていないようだ。

カサカサという乾いた紙の音と、浅く荒い息遣いの合間に、熱に浮かされたような声音が漏れる。

明らかに正気を失っている彼女は、凍てついた地下水脈を蒸発させんばかりに熱を上げていた。

水蒸気の切れ間に見えた支柱の一つは足元の砂を崩され、微かに傾いでいるようだ。周囲に積み上げられた長持も不気味に横揺れを起こしている。

このままでは支柱が屋敷を支え切れず、二人とも下敷きになってしまうかもしれない。

「……姫っ、……済みません！」

サージは呪禁符に塗れた彼女の頭頂部を、左手で強く押さえつけた。

燃え盛る炎で肌を直接炙られているような激痛が走るが、散り散りになりそうな意識を魔導石に集中させる。そうして突如暴走し始めたアムリットの脳に、直接指令を送った。

眠れ。

サージは雑念を払うように、ギュッと両目を閉じて念じる。

すると、程なくしてアムリットの頭が胸の中にコテンと倒れ込んできた。一瞬身体を硬くしたサージだが、覚悟した熱は襲ってこない。

バサバサと一際大きな紙擦れの音がして、目の上に薄っぺらな何かが貼り付いた。反射的に目を開けて瞬きすると、頬の輪郭に沿ってハラリと滑り落ちていく……無意識に目で追えば、その薄い紙は豪奢に波打つ赤い髪に受け止められた。

正常な体温を取り戻し、サージの腕の中でスヤスヤと寝息を立てているその人は――

「……アムリット」

意識を失ったせいなのか、全身を覆っていた呪禁符は一枚残らず剥がれ落ち、砂の上に散乱している。

毒化したファーランドの底でその姿を見た時、サージは自制心を働かせて目を逸らした。けれど、今は想い人の肢体が薄絹一枚という無防備な格好で、自分の上にしな垂れかかっているのだ。霧のように濃かった蒸気も今は薄れ、サージの胸に突っ伏しているせいで顔こそ隠れているが、それ以外の全てが惜しみなく眼下に晒されている。

　こんな時だというのに……サージは強い眩暈を覚えて天を仰いだ。

　地下であるため薄暗くはあったが、毒泉の中よりは格段に明るい。自分が魔導の力で眠らせたため、本人から抵抗されることもない。

　アムリットの本当の姿を知らないまま、サージは彼女に恋をした。人間を作り上げる上で最も重要な核である、魂に惹かれたのだ。

　けれど、こうして彼女の素顔を見てしまうと、せっかく殺した想いが息を吹き返しそうになる。

　アムリットの祖父で聖獣使いのイグナシスと交わした契約のこともあるが、それ以上にアムリットをヴェンダントから一刻も早く解放してやりたかった。自分と違って彼女には、この国のために犠牲を払う義理など何一つない。

　善良なその魂には、誰よりも幸せになる資格がある。

　サージがアムリットに離縁を宣言した後、イグナシスからせっつかれるようにして作成した公式な離縁状は、もう彼の手に渡っている。それを長老議会、つまりは議長であるホレストルに提出すれば、その場で離婚が成立するのだ。

　ホレストルにとってフナムシに次ぐ天敵となったバッチャことエグゼヴィアを伴えば、さしもの彼も受け取り拒否などできまい。歴戦の勇士が慌てふためき、狼狽える様が目に浮かぶようだ。

　アムリットから意識を逸らすためにそんなことを考えながら、サージは頭上にある剥き出しの板材を睨(にら)みつけていた。

　けれど、ガサガサした呪禁符(じゅきんふ)に邪魔されない柔らかな感触は、この上なく抗(あらが)い難い誘惑だ。せっかく我慢している欲望が、諦(あきら)め切れない想いとともに迸(ほとばし)りそうだった。

　いつまでもこうしている場合ではない。

　心臓石の最後の欠片(かけら)には、うかうか手出しができなくなった。先程のアムリットの異状は、魔導石に手を出そうとする人間を嵌(は)めるための罠だったのかもしれないのだ。だが、もしそうだったとすればサージ自身に罠が発動しなかったのはおかしい。そのことも含めてどうにも釈然としなかった。

　とにかく、今はアムリットを連れ出さねばならない。

　これ以上ここにいれば、その精神にどんな悪影響をもたらすか分からないからだ。

　ただし、連れ出す前に彼女が火傷(やけど)を負っていないか確認すべきだろう。あれだけの高熱をその身に宿していたのだから……今は非常事態であり、これは紛(まぎ)れもなく必要な行為だ。自分の欲望とは全くの無関係だ。

「申し訳ありません」

　サージの口から謝罪の言葉が出る。

　本人の意識がない状態で身体を検分するのだから、これも論理的な言動だ。

　自分で自分を納得させた後、意を決して、サージはそろそろと視線を下ろしていく。

「……えっ？」

いつの間にか胸の圧迫感がなくなり、アムリットの姿が忽然と消えていた。周囲に散乱していた呪禁符さえ、影も形もない。

「地獄を見たいようだな、テメェっ！」

至近距離からの地を這うような低音の怒声に、鼓膜がビリビリと震える。反射的に顔を上げると、目の前に火花が散った。何が起こったのかを理解する前に、サージの身体は背後に積み上げられていた長持に激突した。

「がはっ……！」

そこにあったのが全て葦の箱で、中身も衣類など柔らかいものばかりだったことは不幸中の幸いだ。吹き飛ばされた衝撃を、それらがしっかり吸収してくれた。

それでも痛いものは痛い……頭蓋骨が割れたのではないかと思うほどの衝撃は、額の真ん中に叩き込まれた誰かの拳だった。

生理的な涙が滲んだ目は、激痛のせいで開けることさえできない。脳も半端なく揺さぶられ、その場に蹲ったまま暫く立ち上がれそうもなかった。

「さすがです、お祖父様っ！」

嬉々とした変声期前の少年の声が、ズキズキと痛む頭に突き刺さってくる。

「まったく、大人げない男だね。事情も聞かずに殴り飛ばすことはないだろうよ、アンタは見かけに寄らず馬鹿力なんだからさ。せっかく助けた患者を殺す気かい？」

「ちゃんと死なない程度に手加減してやった。可愛い孫を裸同然に引ん剥いた野郎を、殺さずに済ませたんだから十分理性的だろーが」

「……いっそ殺してやったらよかったんですよ、その方が後腐れもない」

物騒な会話が、頭上でワチャワチャと繰り広げられる。三者三様の声音から、アムリットの祖父母と弟王子であることが知れた。

「ひ、めっ……ア、ムリットはっ……？」

食いしばった歯列の隙間から、サージは彼女の安否と所在を問う。視界が利かない今は、彼らに尋ねるより他なかった。

「ご心配なく陛下、イグナシスが暴走する前に私の方で保護させてもらってますよ。今は眠っているだけで……おやまあ、その手、火傷してるじゃないですか。もしかしてアム様に？」

「なんですって！　まさか抵抗する姉上を無理矢理手籠めにっ……？」

一人冷静なエグゼヴィアが答えてくれたが、その言葉にフリッカーが気色ばむ。

「いいえっ、そんなことは断じてありません！」

酷い冤罪を押し付けられそうになったサージは慌てて頭を振った。

射殺すような鋭い視線を感じ、全身が総毛立つ。刷り込まれた恐怖心から、生理的な涙に感情的なそれが混じりそうになる。

「殿下っ、馬鹿馬鹿しい妄想で話の腰を折らないでくださいな。貴方の姉上ならサージ王くらい返り討ちになさいますよ」

エグゼヴィアはすかさず釘を刺してくれたが、その後に続けられた言葉にサージは地味に傷付いた。

さすがは毒蛇閣下（かっか）と呼ばれたイグナシスが半身と認めた女傑（じょけつ）である。紛（まぎ）れもない事実であるからこそ、否定できないのが悔しい。

「恐らくアム様は水にあてられたんでしょうよ」

「……水に？」

サージが聞き返すと、エグゼヴィアが説明する。

「ええ。魔導の力を随分と色濃く宿した水が、地下水脈を通じて集まってますね。魔導石をお持ちでないアム様には、ちょっとばかり強い影響が出たのかと」

彼女は更に言葉を重ねた。

「これは魔術師の仕業（しわざ）じゃあない……イグナシス、アンタ達の領分じゃないのかい？」

「ああ、聖獣使いのやり口で間違いない。魔術と呪術の見分けもつかない脳筋野郎の屋敷の下に、誰がどうやって仕掛けたのかは解（げ）せないがな」

話を振られたイグナシスも同意する。その言葉に被さるように『シャー』という空気が細い管から強く押し出されるような音がした。

「ご苦労……ああ、やはり今動かすのはここの地盤的にも拙(まず)いようだ」

何かを労(ねぎら)うようなイグナシスの言葉を聞いて、サージは痛む目を無理矢理こじ開ける。まだ視界は薄ぼんやりしていたが、手首に巻き付いた平らな銀蛇と向き合うイグナシスの姿が朧気(おぼろげ)に見えた。

そして、その背に隠れるように立っていたエグゼヴィアは、元通り呪禁符(じゅきんふ)を装着したアムリットを腕に抱いていた。本当に眠っているだけで命に別状はないようだ。

アムリットの無事を確認できたサージは、ようやく肩の力を抜いたが……

「これは、とてもいい品ですね」

背後から天敵であるヒル王子の声がして、飛び上がりそうになる。

咄嗟(とっさ)に振り返ると、フリッカーは通路に崩れ落ちた長持(ながもち)の中身を熱心に物色していた。

つい先程までサージに冤罪(えんざい)を押し付けようとしていたのに、素晴らしい変わり身の早さだ。砂の上に散乱した革細工や布製品の中から、特に高価なものばかりを拾い上げる審美眼(しんびがん)もさすがである。

「こちらとこちらのショール……あと、あそこにある金の装身具一式も頂けませんか、陛下？　……諸々(もろもろ)の迷惑料代わりに」

脅し文句同然の要求に、サージは虚(きょ)を衝(つ)かれたように目を剥(む)いた。

真の武人にとっては武勲(ぶくん)こそが全て。金品に執着はしない。それが海賊行為から足を洗い、かつての同胞と袂(たもと)を分かつことになったヴェンダント人の信条だ。

ホレストルは長老議会を私物化し、仮にも王であるサージに魔導封じの首輪を装着しようとする人間だが、それでも先祖の教えに則り、不当な搾取だけは絶対にしなかった。

謂われなき差別に遭ってきたサージにとって信頼に足る人間ではなかったものの、そこだけは美点だと認めている。

そんなホレストルだからこそ、平然と神殿の経費を水増し請求してくる神官長とは犬猿の仲だ。

この土蔵に保管されているものは、現役の兵士だった時代に王から賜った褒美であり、民から取り上げたものではないだろう。

中身を確かめもせずに仕舞い込まれたものが大半に違いない。現に散乱した衣類はチャルタと呼ばれる女性用のショールや装身具が多く、そのほとんどが包装用の薄布に包まれたままだった。

独り身の老人には無用の長物で、一つや二つ失敬したところで気付かれることはあるまい。

それでも、彼の所有物を好き勝手することはできなかった。

「申し訳ありません、殿下。臣下の所有物を無断で差し上げるわけにはまいりません。全てが終わった折には私がヴェンダントを代表し、フリーダイルへの数々の無礼を贖います」

高圧的に自らを見下ろすフリッカーに、サージは深々と頭を垂れる。

「……冗談に決まっているでしょう。本気に取らないでください。いくら片田舎出身の貧乏王子でも、よその国から略奪するほど落ちぶれちゃいませんから」

硬い声音で吐き捨てた彼は、サージの前から踵を返した。

おずおずと顔を上げたサージの目に映ったのは、手に持っていたチャルタを長持に戻すフリッカーの姿だった。物の価値が分かっているからなのか、元通りに薄布を巻き、それは丁寧な手つきで戻している。

「殿下、私が戻しますからっ……！」

「ありゃ一種の詫びだ。好きにさせとけ」

慌てて制止しようとするサージを、イグナシスが宥めてくる。

「詫び？　何のことでしょう？」

「見くびっていたことへの詫びだ。少しは骨があるって小舅に認められたんだ……そんなことより、ちょっとこっち向け」

「わっ、痛いっ！」

意味を理解するより早く逆手で顎を掴まれ、無理矢理イグナシスの方を向かされたサージは再び涙目になる。一見華奢な身体つきからは想像もつかないイグナシスの握力には、今も昔も泣かされてばかりだ。

「よし、この程度なら多少腫れるが痣は残らんだろう。コレ貼っとけ、俺が殴ったってバレたらアーちゃんに嫌われる」

額の患部を確認したイグナシスは、長衣の懐からガサゴソと取り出した何かをサージの額にペタリと貼り付けた。

「冷たっ……」

患部に吸い付いたそれはブニュンとした感触で、咄嗟に声が出てしまうほど冷えている。

だが、驚いたことにそれのお陰で、先程から続いていたジクジクする痛みが若干薄れてきた。

「……あの、これは？」

「湿潤療法用の被覆材だ。主に火傷用だが、冷却作用があるから打ち身にも効く。四代前のアイリス宮廷医ヒダルゴ・ブロウルが考案した代物で、俺が改良を加えた。包帯がなくとも、患部に貼り付いて剥がれないんだ……遠慮なく称えていいぞ」

すらすらと淀みない説明とともに、イグナシスは称賛の言葉を要求してくる。

「……ええっ……と、その、実に画期的で素晴らしい発明だと思います」

気後れしながらも、サージは素直に称賛した。実際、物資が不足しがちな戦の前線や災害時において、実に便利な品には違いない。

「褒めるのもヘタクソか……まあいい、左手も出せ。アーちゃんが目を覚ました時に、その火傷を見たら落ち込むだろう」

溜め息交じりに首を横に振った後、イグナシスは再び懐から出した被覆材をサージの左の掌に貼り付ける。

彼に殴られた額の方が痛かったため、一瞬忘れかけていたのだが、火傷で熱を持った掌にその冷気は心地良かった。

「アタシが治す方が早そうだけどねぇ」

「詫びのつもりですよ、お祖父様なりのね」

エグゼヴィアが小さく呟くと、フリッカーが祖父の言葉を真似てそう答えた。砂の上に散乱していた衣類や装飾品の数々は、すっかり仕舞い終えたらしい。

こちらも地味に仕事が早かった。

「ところで、アーちゃんってもしかして姉上のことですか？」

「そのようですね。アタシも昔はヴィーちゃんって呼ばれてましたから」

「……ゲラガモっ……失敬、実にダサい」

「同感です。しかし、殿下がデンボ弁で話されるのは新鮮ですね」

「あまりに不意打ちだったので、つい……あの母上の息子なんですから、仕方ないでしょう。物心ついてから必死に矯正したんですよ。姉上には絶対に言わないでくださいね」

祖母と孫の微笑ましいやり取りは小声でなされていたため、深い眠りの最中にあるアムリットはもちろんのこと、当事者二人のもとにも届いていなかった。

4

気付けばアムリットは、墨をぶちまけたような真っ暗闇の中に浮かんでいた。

不思議と恐怖は感じなかったが、何故だか身体を動かすことが酷く億劫だった。フワフワした浮遊感はあるのに、手足の動きは緩慢で自由が利かない。

周囲を見回そうと首を動かすことさえ一苦労だった。どこを見遣っても薄暗く、ちゃんと首を動かせているかどうかも定かではない。呪禁符のザワザワした音も、ここでは全く聞こえない。

一体何が起こったのだろう。

サージと一緒に、ホレストル邸の土蔵にやってきたところまでは覚えているのだけれど……


『……憎い』


ふと、頭の中に怒気に塗れた声が響く。

それは耳で聞いたわけではなく、剥き出しの激しい感情が直接脳に染み渡るような感覚だった。

呪詛のような薄暗い声は、男とも女とも判別がつかない。

怒りという一言で片付けるにはあまりに生々しく、明確な殺意を孕んだそれに、心を掻き乱される。


『喰らえ』

その言葉の後、牙を立てられたように喉がヒリヒリと痛んだ。

満足に息ができず、肺に空気が入ってこない。まるで火だるまにされたかのように、全身が途方もなく熱かった。

止め処なく身の内に押し入ってくる純粋で強い悪意に、アムリットは恐怖する。

このままでは、このままでは……自分は。


「ヤだっ……！」


自分の悲鳴に驚いてアムリットは跳ね起きた。

まず目に飛び込んできたのは、繊細な銀糸の刺繍が入った天蓋だった。どうやら豪奢な寝台の上に寝かされていたらしい。ここ一ヶ月で慣れ親しんだヴェンダント様式の部屋だが、カギンという魔導石の御簾が掛けられた窓を見るに、離宮でないことは確かだ。

この寝台も自分が使っていたものより一回りは大きく、その他の調度品も格段に豪奢だった。

訳が分からず小首を傾げると、耳に馴染んだ紙擦れの音がする。全力疾走の後のように心臓はバクバクと暴れていて、とても嫌な夢を見ていたことだけは覚えていた……無理矢理胸をこじ開けられて、激しい負の感情を植え付けられるような夢だ。

「目が覚めましたか、アム様？」

アムリットが犬のように浅い呼吸をしていると、正面の御簾(みす)を割り開いてエグゼヴィアが顔を覗かせた。

「……バッチャ、ここは？　あたし、一体どうして……陛下はどこっ？」

見知った顔にホッとすると同時に、アムリットは矢継ぎ早に尋ねた。

「落ち着いて、ゆっくり呼吸をしてください」

エグゼヴィアは宥(なだ)めるように言って、手に持っていたカップを差し出してくる。中を満たしているのは水のようだ。それを見た途端にアムリットは喉(のど)の渇きを覚えた。

性急にカップを受け取り、口を付けた水はとても良く冷えている。一気に飲み干すと、ようやく人心地がつき、乱れた呼吸も心音も落ち着いてくる。

「ここはディル・マース城にある王妃の間です、危険はありませんよ。あの土蔵で水にあてられて倒れたアム様のために、サージ王が少しの間休める場所を提供してくださったんです。王は今、イグナシス達と隣にある王の間にいらっしゃいます」

「えっ、あの二人と一緒って……虐(いじ)められてないっ？」

咄嗟(とっさ)に頭を過(よぎ)った疑問をぶつけるアムリットに、エグゼヴィアが噴き出す。

「済みません、真っ先にそれを心配なさるのかと思って……まあ、ゲス下僕も一緒ですから、少なくとも肉体的被害はないんじゃないですかね？」

「ちょっと何それ、ゲラ信用できないんだけっ、ど……？」

実に頼りない返答に呆れた声を出すアムリットだったが、不意に覚えた違和感に言葉が途切れた。

紙擦れの音が常に付き纏うアムリットだが、だからといって他の物音に無頓着なわけではない。

むしろ耳馴染みのない音には、驚くほど敏感だった。

何かを引っ掻くような、カリカリという音……それは目の前の祖母さえ気付かない、ごく小さなものだったが、確かにアムリットの耳には届いていた。

「アム様？」

不意に黙り込んだ彼女を訝るエグゼヴィアを、アムリットは手で制する。

極力呪禁符を鳴らさないようにそっと寝台を抜け出し、そのまま一目散に音がした方へと向かう。

壁に嵌め込まれたクローゼットまで走っていくと、両開きの扉を勢いよく開け放った。


「ひっ……！」


短い悲鳴を上げ、その場に尻もちをついたのは実に美しい女性だった。ほんの一瞬だが状況も忘れて見惚れてしまうくらいに。

「ええと……どちらサマですか？」

深緑色の瞳を見開く謎の美女に、アムリットは問い掛けた。

銀色の飾り櫛で優雅に纏められた、豪奢に波打つ暗緑色の髪。月のない夜のように滑らかな褐色の肌。長い睫毛で縁取られた同色の双眸。すっきりとした鼻梁の下にある、ぽってりとした唇は、微笑めば実に蠱惑的だろう。

薄手の黒いチャルタ――この国の女性が身に付けるショールに透ける肢体は、至極女らしい。程よく脂がのっていて肉付きが良いが、くびれるところはしっかりとくびれていた。

よく手入れされた美貌は、一般庶民や使用人ではあり得ないことを告げている。そもそもクローゼットに潜んでいたこと自体、世間一般の常識から外れていた。

驚きと恐怖で固まり、蹲った美女の後ろには、地下に続く階段が見える。

更によく見れば、背後の壁に床板が立て掛けられていた。先程の何かを引っ掻くような音は、床板を外す音だったのだろう。

恐らくこれは緊急脱出用の隠し通路であり、その存在を知る人間となればごく限られているはずだ。

「……えぇと、ダラシア様ですよね？　元第一妃の」

諸々の事情からそう考えたアムリットは、答え合わせのつもりで問い掛ける。

泥酔したサージの未練たらたら話に出てきた名を覚えていたので、そう呼び掛けたのだが、こちらを見上げる美しい顔が明らかに強張った。もしかしたら、第一妃に「元」を付けたのが、嫌味に聞こえたのかもしれない。

きっと城に残していった乳飲み子が心配で、こっそり忍んできたのだろう。

そう考えると実に不憫だ。彼女が城を追放されるに至った陰惨な事件。その当事者であるアムリットは、この不法侵入をできるだけ騒ぎにしたくないと思った。

「何でアム様が、不審人物相手に気を遣ってやる必要があるんですかっ？」

突然の不満げな声とともに、アムリットは肩を掴まれた。

「ふぁっ、ゲゲール……？」

そのまま後ろに引っ張られ、咄嗟に口からデンボ弁が飛び出す。

有無を言わさぬ強い力で彼女を背に庇ったのは、もちろんエグゼヴィアだ。

「もともと彼女の部屋だったんだし、身元も分かってるのに不審者って言うのは……ちょっと言い過ぎじゃないかなぁ？」

アムリットは、どうにか穏便に済まそうとエグゼヴィアを宥めに掛かるが……

「たとえ元部屋主だろうと、まともに正面から入らない時点で立派な不審者ですよ。アム様が世間知らずなのはもう仕方ありませんが、少しばかり危機感を持ってくださいな」

彼女に対して過保護気味な祖母に、にべもなく突っ撥ねられてしまった。

「……なっ、貴女達こそ！　一体誰の許可を得て王妃の間にっ……？」

元第一妃（仮）も、形のいい眉を逆立てながら立ち上がる。歯に衣着せぬエグゼヴィアの台詞に、言い返すくらいの気力は戻ったようだ。

「そんなもん、サージ王の許可に決まってるだろうさ。今となっちゃ、アム様がただ一人の正当な奥方様なんだよ、元！　第一妃！」

　肩をそびやかしたエグゼヴィアは、あからさまに「元」を強調して言った。ダラシア元妃（仮）の顔が俄かに青黒く染まっていく。

　アムリットの目には、二人の美女の間に火花が散っている幻覚が見えた。

「いやいやいやいやっ、私だってもうすぐ出ていくし！」

　何とか場を収めようと、慌てて間に割って入ろうとしたところ……


「どうだ、エグゼヴィア……アーちゃんの目は覚めたか？」

　続きの間から祖父の声と、ドカドカという複数の足音が近付いてくる。三人がハッとしてそちらを見遣ると、入り口に掛けられたカギンの御簾を割って声の主が現れた。

「……あっ？　誰だ、その女」

　一切遠慮のない足取りで部屋に入ってきたイグナシスは、元第一妃（仮）を見咎めると胡散臭そうに言った。その後ろから、サージとフリッカーも現れる。

「ダラシアっ？　貴女がどうしてここにっ……！」

「ああ、彼女が噂のダラシア『元』妃ですか……しっかし、この国はあれだけの失態を犯しておきながら、相変わらず杜撰な警備体制ですねぇ。こんな『一般庶民』が城の中枢とも言える王族の居住区へ易々と侵入できるなんて、驚きですよ」

サージの驚きで上擦った声に続き、フリッカーが嫌味たっぷりに吐き捨てた。

彼はアムリットの暗殺未遂事件をいまだに根に持っているようで、サージにもダラシアにも容赦がない。

「貴様っ……一体どこから入ってきたんだっ、追い払ったはずだぞ！」

最後にやってきたエイダンも唸るような怒声を上げた。いくら「元」第一妃とはいえ、王太子タグラムの母親であることには変わりない。そんな彼女に対して、無礼が過ぎないだろうか？

「……えーと、アーちゃんってもしかしてあたしのこと？」

突如現れて口々に言う彼らには、いろいろ思うところがある。

だがしかし、アムリットがまず引っ掛かったのは、祖父が口にした何とも趣味の悪い愛称だった。

＊　＊　＊

サージの父にして故ヴェンダント王、アルサラーン・ケイラー・メヌーク二世は、かつて歴戦の戦士だった長老ホレストルに師事し、剣技と統率力を磨いていった。

臣下から慕われる反面、権力者にありがちな「英雄色を好む」を地で行く多情な人物でもあった。

そして近衛隊長エイダンの血族であるキルマー一族は、ホレストルを輩出したガラムナヴィ一族ほどではないものの、それなりに古い軍人家系だ。限りなく薄いが、王族とも縁続きである。

今から十六年前、エイダンの姉フェルオミナが許嫁との婚礼を一ヶ月後に控えた日、先王が城下の視察の帰りに、前触れもなくキルマー邸を訪れた。

仮縫いした婚礼衣装を試着中だった娘を、エイダンの両親は慌てて隠そうとしたが、一歩遅く……初々しい十四歳のフェルオミナを見初めた先王は、その場で第八妃として召し上げると言った。

王の命は絶対だ。

だがしかし、フェルオミナは相思相愛の相手との婚礼を心待ちにしていた。そんな姉を捨て置けず、エイダンは城まで直談判しにやってきたのだ。

警備兵と揉める幼い少年にサージが気付いたのは、全くの偶然だった。必死さの滲む表情で、殴られてもなお向かっていく姿が目に留まり、事情を聞いて素直に同情したのだ。

何とかしてやりたかったが、自分は父にとって自慢の息子ではなく、意見できるような立場でもない。それでも、死を願うほど追いつめられた若い娘の存在を知って、黙っていることはできなかった。

結局王には面会さえ許されなかったが、代わりに母リーザには会うことができた。母がどんな手を使ったのかは今も定かでないが、フェルオミナを召し上げるという話は白紙に戻ったのだ。

その上、リーザは彼女に咎が及ばないように取り計らったらしい。王であるアルサラーンの不興を買い、自分の身が危うくなることも恐れずに。

エイダンはリーザに深く感謝した。その息子であるサージに対する忠誠心も、その時に芽生えたものだ。

リーザを含む王族がことごとく流行病(はやりやまい)に倒れた後、唯一の王位継承者として祖国に連れ戻されたサージにとって、実直なエイダンの存在ほど頼もしいものはなかったのだが……

「サージっ、無事だったのですか……？」

そう言って駆け寄ろうとしたダラシアの前に、エイダンがすかさず立ち塞(ふさ)がる。

アムリットとエグゼヴィアを押しのけたダラシアにサージはムッとしたが、彼が口を開く前に忠実なる近衛(このえ)隊長が吠えた。

「それ以上近付くな！　第二妃だけでは飽き足らず、我が君まで害する気かっ！」

「なっ……！」

鬼のような形相での鋭い叱責に、ダラシアの双眸(そうぼう)にも怒りの炎が宿る。

元家臣であるエイダンに無礼な言葉を吐かれ、元第一妃としての矜持(きょうじ)が傷付けられたのだろう。

控えめな立ち居振る舞いに長年騙(だま)されてきたが、彼女の性格は意外なほどに苛烈(かれつ)だった。

エイダンもエイダンだが、若干厳し過ぎるこの対応には彼なりの根拠があるようだ。

聞けば、ダラシアが城に現れたのはこれが初めてではないらしい。一度目は、サージが病床(びょうしょう)に臥(ふ)していた時のことだったそうだ。

生死の境(さかい)を彷徨(さまよ)っていたサージの病状については箝口令(かんこうれい)が敷かれたため、限られた人々しか知り得ないはずだ。追放された身でありながら、その事実を知って駆けつけたダラシアは確かに怪しい。

もともと相性が悪かったのだろう、エイダンがダラシアに抱いていた不信感は、アムリット暗殺未遂事件で決定的なものになっていた。一人の側仕(そばづか)えが彼女を陥(おとしい)れるために起こしたものとして片付けられているが、エイダンはまだ納得していないのだ。

貧民街でスリを生業(なりわい)として強(したた)かに生きてきた少女が、自分とダラシアの証言のどちらが信用されるかも分からないほど愚かではあるまいと。

ダラシアが王宮から追放された際、その側仕(そばづか)え達も貧民街に強制送還された。それを不憫(ふびん)に思ったのか、アムリットが自(みずか)らの側仕(そばづか)えとするべく呼び寄せた少女達の中には、舌を切られた者がいたらしい。

一体誰が、何の目的で幼子にそんな惨(むご)たらしい真似をしたのか？

サージはきちんと調べるつもりだったが、その後ファーランドの泉跡で起こった惨事のせいで果たせずにいる。よって舌を切ったのがダラシアでないとは断言できない。

「貴様が長老議会と長年結託していたことは分かっている……第一妃の座を不当に手にしたことも」

サージが様々な疑念に囚われているうちに、エイダンは彼女を更に糾弾(きゅうだん)した。

彼の肩越しに見えるダラシアの顔が、見る間に驚愕(きょうがく)の色に染まる。

「エイダンっ、それはどういう意味だ！」

サージの問い掛けに振り返ったエイダンの表情は、至極真剣だった。

常日頃から冗談など一切口にしない実直な男だ。これだけ大それた発言をするからには根拠があるのだろうが、すぐには信じられない。

「流行病で王族の方々がことごとく崩御された時、亡き王太子殿下の婚約者であったこの女がホレストル様の屋敷に出入りしていたのを私は見ております。我が君をヴェンダントへ呼び戻すよう長老議会に働きかけたのは、こやつなのです……ヴェンダントの最高権力を手中に収めるために、ホレストル様と密約を交わしたのですよ」

エイダンはずっと胸に秘めてきたのであろう事実を口にした。

思ってもみない言葉にサージは絶句し、その場に静寂が訪れる。

「……うーん、どうもしっくりこないんだけど。ねぇ下僕、それってあんたの私情入ってない？」

なかなか言葉が見つからないサージに代わって、ザワザワという紙擦れの音とともに口を開いたのはアムリットだ。

「何だとっ……？」

能天気にさえ聞こえる口調での問い掛けに、エイダンは彼女を睨みつける。だがアムリットの言う通り、今の彼は感情的過ぎるように思う。

「あんたの陛下に対する忠誠心は大したものだけどさ、ちょっと無理あると思わない？　その頃にはもうダラシア様には子がいたんだし、権力を握りたいなら陛下はむしろ邪魔……あっ、決して役立たずだからとか、そういう意味じゃないですからね！」

冷静に自ら（みずか）の考えを吐露（とろ）していたアムリットだが、サージについて言及しかけたところで慌てて言い添えた。

「お気になさらず、アムリット姫。貴女のおっしゃりたいことは全くその通りです。この国が欲しければ我が子をそのまま国王に据えて、王太后として実権を握る方が簡単だ」

彼女の配慮に感謝しながら、サージは首肯（しゅこう）する。

エイダンの証言の全てを否定しようとは思わないが、彼の推論にはどうにも無理があった。

いくらタグラムよりも王位継承権が上位であるとはいえ、魔術師であるサージは一度ヴェンダントから追い払われた身だ。本当にダラシアが長老議会と結託していたのならば、王位継承権を引っくり返すこともできるだろう。

「……でっ、ですが、確かにこの目で見たのです！　サージ様を呼び戻すようにとホレストル様に命じるこの女をっ！」

「それは違うわっ……！」

更に言い募（つの）ろうとしたエイダンに、ダラシアが否（いな）の声を上げる。

「待った！　二人ともそう興奮しなさんな、見苦しいよ」

口論が勃発（ぼっぱつ）しかけた二人の間に、今度はエグゼヴィアが割って入った。

「隠し通路からコソコソ戻ってくるぐらいだ、薄暗い秘密の一つや二つは抱えてるだろうさ。でも、それは脳味噌まで筋肉でできたアンタが考えつくほど単純な理由じゃない。アム様がおっしゃりたいのは、そういうことだよ」

目を細めてエイダン達を見遣る彼女の言葉は、歯に衣着せない横柄なものだった。

「うーん、さすがにそこまで言うつもりはなかったかな……でもさ、下僕。ダラシア様は陛下のことをちゃんと心から心配してると思う。あたしは世間知らずだけど、嘘吐きの顔ならあんたより見慣れてるから」

そう口にしたアムリットに、サージは更に驚かされた。

この突然の擁護にエイダンはもとより、ダラシアさえ目を見張っている。

「どうも長引きそうだな……サージ、アーちゃんはまだ病み上がりだ。一旦、お前の部屋に戻らないか？」

事態を静観していたイグナシスが提案してきた。

「それは……確かに、そうですね」

「陛下っ……！」

ダラシアに向かって歩を進めたサージに対し、エイダンが非難するような声を上げる。

「下がれ、エイダン。たとえお前の推論の通りだとしても、自分の命は自分で守れる。……どうぞ、ダラシア」

気色(けしき)ばむ彼を短く切って捨てると、サージは元義姉であり、仮初(かりそ)めの妻だった女性に手を差し伸べる。一瞬身を硬くしたダラシアだったが、おずおずとその手を彼に委(ゆだ)ねてきた。

久しぶりに間近で見る彼女は、相変わらず美しかった。

しかし、その手を緩(ゆる)く握り込んだサージに対し、ダラシアは何とも形容し難い奇妙な表情を浮かべている。そのことを不思議には思っても、以前のように心がざわつくことはなかった。

己の心を占めるのは、今やアムリットただ一人だ……ダラシアへの想いは、完全に消え去っていたことにハッキリと気付く。

同時に、背後からザワザワと耳障(みみざわ)りな音がして、見遣(みや)れば案の定アムリットがいた。所在なさげに立ち尽くす呪禁符塗(じゅきんふまみ)れの姿から表情は窺(うかが)えなかったが、刺すような鋭い視線を感じた。

「姉上、行きましょう」

サージがその視線の意味を見極めるより先に、明るい少年の声が二人の間に割り込んでくる。

天使のように愛くるしい笑顔で、フリッカーは有無を言わさず姉の手を取った。膨大なまじない札の下に隠れたその手を迷わず見つけ出したのはさすがだが、分かり易い牽制(けんせい)にサージの頬がピクリと痙攣(けいれん)する。

「……いやいやいやっ、病み上がりって言っても一人で歩けるし！　その笑顔も怖いわっ」

「遠慮は無用です。姉上が我慢しかしない人だっていうのは、僕が一番理解してますから」

実に騒々(そうぞう)しいが、見ようによっては微笑ましくもある攻防戦を繰り広げる姉弟から、サージは慌てて視線を逸らす。

それは、ヒル王子の異名を持つフリッカーへの、本能的な恐怖心からではない。アムリットとの離別を決意したにもかかわらず、悋気を覚えそうになる心を戒めるためだった。

そんなサージの横顔を、ダラシアが意味ありげに見つめていた。

だが、叶わぬ恋情を持て余していたサージは、そのことに気付いていなかった。

5

手と手を取り合うサージとダラシアは、実に似合いの美男美女だった。

かつて酒に酔い切々と失恋を語ったサージの言い分では、初恋の君は小指の先の甘皮ほども愛情を返してくれなかったらしい。

けれど、アムリットの目には全く違って見える。ダラシアが彼に向ける眼差し一つとっても確かな愛情に満ちていた。

サージやエイダンの言葉から想像していた「男を手玉に取る悪女」には到底見えない。外見の美しさに劣らぬ内面の美しさを感じる。

サージへの恋心を自覚したアムリットだからこそ、直感的にそれを見抜くことができたのだろう。

だが、そのことをサージに告げれば、自分への付け焼刃のような恋情など積年の想いの前には呆気なく消え去るに違いない。

サージがダラシアに向ける表情は少し硬かったが、一度は愛した相手だ。このまま側にいれば、想いが復活するのも時間の問題かもしれない……そう思うだけで、悲しみよりも怒りに似た感情が胸に湧いてくる。


「ムグっ……！」


動揺するアムリットの耳に、くぐもった声が飛び込んでくる。

何事かと思って声のした方向に視線を移すと、王の間の床に口を縄で縛った小汚い麻袋が転がされていた。それは、まるでイモムシのようにもぞもぞとのたうっている。

幼い少女のものと思われる呻き声は、その麻袋の中からしたようだ。

「アレって、もしかして……？」

アムリットは呪禁符の下で血相を変え、背後にいた弟を振り返る。

「お祭しの通り、あの側仕えの少女ですよ。猿轡を噛ませてはいますが、お祖母様の魔法で気道は確保されてますから、ご心配なく。逃げようとしたのを捕まえたはいいんですが、命までは取らないと言っても泣き喚くわ、暴れるわ……そのまま連れてくるには、どうにも厄介だったんですよ」

フリッカーは相変わらずの天使の笑みでとんでもない告白をした。

「あれはルーフェだというのっ？　何てひどい……！」

ダラシアは慌ててサージの手を振り解き、悲鳴のような声を上げて麻袋に縋る。

「……そのままにしておいた方が、あんたの身のためだと思うがねぇ」

麻袋を縛っている縄に手を掛けた彼女に、エグゼヴィアは呆れたような口調で言った。

「一体、それは誰なんだ？」

ただ一人、エイダンだけが事情を呑み込めていない様子で呟く。

「離宮に呼んだ時、あんたもチラッと見たかもね。元第一妃様の側仕えで、この前の暗殺事件起こしたフィリペって子の姉さんよ」

「貴様っ、報復のために子供達を……？」

アムリットが答えてやると、エイダンは語勢も荒く睨みつけてきた。咎人の身内だからといってあまりの仕打ちだ、という言外の非難が鋭い視線から伝わってくる。

「確かに利用するつもりではあったけど、目的は報復なんかじゃない。ただ、あの子達が更生してくれたら、ダラシア様を第一妃として呼び戻していいって長老が……」

「なっ、一体どうしてそんな話がっ？」

アムリットが言い訳じみた事情を話すと、今度はサージが目を剥く。

ダラシアも縄を解く手を止め、信じられないと言わんばかりの表情でアムリットを振り仰いだ。

「殺されそうになったことを思うと……そりゃ気分は良くないですけど、側仕えの管理不行き届きだけで王宮から追放なんて重過ぎるんじゃないかと思って。まだ幼いのに母親と引き離される王太子様なんて、それこそ何の罪もないのに……あまりに後味が悪過ぎて、あのまま何もしないでいたら一生後悔しそうだったんです」

たどたどしく告げた言葉は真実ではあったが、これは当時アムリットが抱いていた目的の半分……綺麗事でしかない。

情けなくて、馬鹿な自分をサージに知られたくなくて、もう半分の目的は伝えられなかった。

その頃、まだ自分の想いに気付いていなかったアムリットは、どうにかしてサージと離縁して祖国フリーダイルに戻りたかった。そのためには、自分への恋心が酔った勢いによる錯覚だとサージに気付かせなければならない。彼が長く想い続けていたダラシアさえ王宮に戻ってくれれば、二人の仲は修復されると安易に信じ込んでいたのだ。

そんなことはあり得ないのに、人間関係に疎いアムリットは気付かなかった。

そして、当然のように計画は頓挫したが、サージに離縁されるという大前提は果たせた。

だからといって、これっぽっちも晴れがましい気持ちにはなれなかったけれど。

後悔や激しい焦燥感が胸の中で渦巻いていて、酷く息苦しい。

こんな後ろ向きでありながら、どこか攻撃的な気持ちは初めてだ。自分が悪いのは明らかなのに、サージに対する正体不明な苛立ちを抑えるのに必死だった。

「我がき……いえ、サージ。貴方が彼女を好きになった気持ち、少しだけ分かった気がしますわ」

アムリットの内心の葛藤を知ってか知らずか、ダラシアがサージを振り返って告げた。

思ってもみない言葉に、アムリットは一瞬苛立ちを忘れる。

「おや、驚いた。なかなかどうして呑み込みが早いじゃないのさ。それに比べて脳筋下僕ときたら……賢妃だか女神だか知らないが、そこまで肩入れするほどの御方かねぇ」

エグゼヴィアが麻袋の少女からダラシアへ、その後意味ありげにエイダンへと視線を移す。

「なんだと、貴様っ……！」

怒りのあまり声が裏返ったエイダンが、気色ばんで詰め寄ろうとするが……

「……ぐえっ！」

一歩踏み出す間もなく後ろから肩を掴まれ、声帯が潰れたような呻き声を上げた。

「俺の女に乱暴な口をきくんじゃない。今度やったら捻り潰すぞ、てめぇ」

イグナシスの声は少しも力んだ風ではなく、その手も肩口にただ添えているだけにしか見えない。

けれど、エイダンの目は血走り、必死に悲鳴を抑えていた。

祖父のようなオルガイム人は、一見細身なのにとんでもない馬鹿力だという。実際にそれを目の当たりにしたアムリットは、呪禁符の下で目を見張った。

「何も知らないくせに、勝手なことを言い出したのはそっちだ！」

「前ヴェンダント第四妃にして、現国王サージの母親……リーザの父親は、彼の砂上船を作り上げた、ヴェンダント随一の腕を持つ船大工だった。だが身分がそう高くなかったために、娘のリーザは第一妃にはなれなかった。それでも新たに作られた賢妃の地位が与えられ、先王の寵愛と臣下や国民達の尊敬を一身に受けることになる」

　肩の手を振り払い、怒鳴り返してきたエイダンに対し、イグナシスは報告書でも読み上げるかの如く滔々と語る。

　エイダンは出鼻を挫かれたように口をパクパクさせていた。

「ガルシュの魔導研究所にいた頃、サージを酔わせると必ず愚痴られたんだ。お前の姉の話と、リーザの本当の企みもについてもな。俺もエグゼヴィアも考えなしに言ってるわけじゃない……姉のことで恩義を感じるのは分からんでもないがな、そのことで得をしたのはお前達だけか？」

「一体、何が言いたいっ！」

　再び激昂するエイダンに答えたのは、サージだった。

「お前の姉君、フェルオミナの離宮入りを母上が阻止したのは、婚約者と不当に引き裂かれる彼女を哀れんだからではないのだ。己の寵妃として立場を守るため……そのためなら、何でもする方だ。そんな母上を私は恥じていたが、フェルオミナを救うために利用した」

　その薄暗い表情に、アムリットの胸がドキリとする。

「我が君まで何をっ……？」

「済まない、エイダン。母上を盲目的に崇拝するお前には、とても言えなかったんだ。母上がお前の姉を救ったことには変わりないし、知らない方が幸せだろうとも……当時の私はじきにガルシュへ行くことが決まっていて、祖国には二度と帰れないと思っていたから」

二人のやり取りから、アムリットはおおよその事情を掴んだ。

先王はエイダンの姉に婚約者がいたにもかかわらず、彼女を離宮に入れようとしたのだろう。

その話がサージの母親である前第四妃によって、白紙に戻されたのだとしたら……以前から疑問に思っていたエイダンの並々ならぬ忠誠心にも、至極納得がいく。

「あの女のやりそうなことだこと！　愛し合う者達が引き離されるのを親切で助けたふりをして、先王の寵愛が自分よりも年若い娘に移るのを防いだのでしょう。地位を守るためには我が子だって平気で切り捨てるのだからっ……！」

憎々しげに吐き捨てたダラシアに、サージの顔が歪んだ。

それまでは冷静に分析できていたのに、彼女の一言でアムリットの心は俄かに波立つ。自らの心の動きを、もう見て見ぬふりはできない。

それは、自分が知らないサージの過去を知るダラシアへの嫉妬に違いなかった。

「姉上、どうかしましたか？　まだ気分が優れないのですか？」

傍らにいたフリッカーが、じっと黙りこくっている姉を不審がるように問い掛けてくる。

「なっ、何でもない……大丈夫だから」

慌てて頭を振ったアムリットだが、仄暗い思いに気付いたばかりの心は、そう簡単には落ち着かなかった。

「そんなっ、そんっ……」

アムリットが自らの心と向き合っている間も、エイダンはすぐには信じられないようで、否定を繰り返している。誰も彼も、彼に掛ける言葉を持たなかった。

「痛っ……！」

唐突にダラシアが悲鳴を上げる。

何事かと見遣れば、彼女の前にある麻袋から少女……ルーフェが顔を出し、床に転がされた格好のままその手に噛み付いていたのだ。

「ダラシアっ……？」

「わっ、何やってんの……！」

ダラシアの手に滲んだ血を目の当たりしたサージとアムリットが、同時に動く。咄嗟にアムリットは、その手から勢いよく水を噴射させた。

「ぶあっ……！」

それをまともに顔面で受けたルーフェは堪らず呻き、噛んでいた手を解放した。その場に尻もちをついたダラシアは呆然とした様子で、サージに後ろから支えられる。

「ダラシア、すぐに手当てをっ！」

サージは上衣の袖を裂き、彼女の手に巻き付ける。

それは、まるで壊れ物を扱うような恭しい所作だった。

そんな彼を前にして、アムリットの胸が再びツキンと痛んだ……サージは実に手際が良くて、何一つ間違っていない。どこにもおかしなところはなく、当然の行為なのに。

「ぎゃあっ！」

今度は苦痛を帯びた幼い悲鳴が上がった。

ハッとして顔を上げると、いつの間にかエグゼヴィアが件の少女を麻袋から引きずり出し、その手を捩じり上げていたのだ。

「バッチャっ？」

アムリットは驚いて声を上げたが、祖母はそのまま少女の身体を宙吊りにしてしまった。

「大丈夫ですよ、まだ殺しゃしませんから。まったく……だから拘束しておいたのに、あんたも不用意だったね。こういう洗脳は、ガキだからこそ簡単に解けやしないんだ」

「……洗脳？」

ジタバタともがく少女を物ともせずにぶら下げたまま、祖母が放った言葉をアムリットは復唱する。

「ヴェンダントに来る途中、イグナシスが妙な拾い物をしたんだそうです。行き倒れたヴェンダント人の女だったんですがね、灼熱の砂漠を裸同然の姿で突っ切ろうとしてたんですよ。介抱してやったら息を吹き返したんで、事の仔細を聞いたら、何とまあ奇妙な身の上でして……」

エグゼヴィアが一体何を語ろうとしているのかは分からないが、彼女が言葉を続けるにつれ、少女が拘束を解こうと激しくもがき始める。

それをエグゼヴィアはまったく意に介さず、蹴り出された足を難なく避けた。それどころか、振り上げられたもう一方の手も捕らえて、ひとまとめに掴み上げてしまう。

「表向きは一年前の流行病にやられて身罷ったことになってますがね、ずっと城の地下牢に幽閉されていたんだそうですよ……そこにいる元第一妃と、長老議会の命で」

「邪魔するなっ、何で……！　せっかく追い出したのに、何で戻ってきやがったんだよ！　全部全部っ、その女のせいだ！」

必死に足をバタつかせ、少女はエグゼヴィアの言葉を遮って叫んだ。

ギラギラとした視線とともに「その女」と口にし、蹴り出した足から勢い余って脱げた靴が飛んでいく。その先にいたのは、サージの腕に庇われたダラシアだ。今し方までその少女……ルーフェを助けようと動いていた彼女は、衝撃のあまり蒼褪めている。

もう何が何だか分からない。

「お黙り、お嬢ちゃん。ホントにその舌、引っこ抜かれたいかい……ガキの浅知恵もここまでさ。アンタ達の本当のご主人様は、アタシらが預かってるんだからねぇ」

「本当のご主人様？」

アムリットはダラシアに落としていた視線を、エグゼヴィアに戻した。

「その優しいご主人様は、名前さえなかった子供達に名前を付けてやったんです。特に忠実だった二人の姉妹のうち姉にはルーフェ、妹にはフィリペと。ヴェンダントでは有名な対(つい)の聖女達の名から取ったんだそうですよ……昔、とある聖獣を祀(まつ)った神殿を建立(こんりゅう)する時、人柱に指名された姫君を守るために、身代わりを買って出た侍女達だって言い伝えがあるとか」

　祖母はそれだけのことを、どうやって調べ上げたのだろう？

　次々と明かされる真実に、アムリットは思考が追いつかず、辛(かろ)うじて聞き覚えのある単語だけを拾った。

「フィリペって……」

「ええ。アム様を亡き者にしようとして失敗し、自害したあの少女です。この子らにそんな取ってつけたような名前を授け、裏で操(あやつ)ってたのは、前ヴェンダント王の第四妃リーザ様……サージ王の母君ですよ」

「ふざけるなっ、そんな無礼極まりない妄想があるか……あの御方は身罷(みまか)られたんだ！」

　エグゼヴィアの言葉を、エイダンが語気を荒らげて否定する。

　空気をビリビリと震わせるその音量とは裏腹に、彼の顔はダラシアと同様に酷(ひど)く蒼褪(あおざ)めていた。長く信じていたものが根本から揺らいでいる証拠だ。

　先程のサージの言葉も、じわじわと効いているのだろう。

「我が君、サージ様も参列されたはずですっ……一年前の国葬で、王族霊廟(れいびょう)にある先王様の隣の棺(ひつぎ)

に入れられている！」

縋るように、彼はサージに訴えた。

「お前の言う通りだ……しかし、棺の蓋には全て釘が打たれ、母の遺体を見てはいない」

「それは、流行病でご遺体が損壊していたからで……！」

「本当に病死なのかと不審に思って父の棺だけは暴いたが、確かにその亡骸は二目と見られない有様だった。四肢は壊死して腐り落ち、皮膚は青黒く変色していた……その症状は、ファーランドの毒泉から戻った時の私と全く同じだ。だから母の棺までは暴かなかったし、その死を確認した者は誰もいない」

サージは首を横に振り、とどめを刺す。そこでルーフェが再び騒ぎ出した。

「リーザ様はっ……あの方は生きておられるんだっ、この女が何もかも奪っ……もがっ！」

罵声は途中から意味をなさない呻き声に変わる。歯がカチンと音を立てて合わさり、大きく開いていた唇も固く閉ざされてしまった。まるで、目に見えない猿轡を嚙まされたようだ。

「勝手に話に割り込むんじゃないよ。まったく、ガキの頃に掛けられた洗脳ってのは厄介極まりないよ」

そんな少女を細めた目で見遣りながら、エグゼヴィアがやれやれと嘆息した。

どうやら、魔術師である彼女の仕業だったようだ。

「エグゼヴィア、このままじゃ埒が明かん。ここでダラダラ話しているより、実際に見せた方が早いんじゃないか？」

「確かにそれが一番手っ取り早いかねぇ、最初っからあっちに行っときゃよかったよ」

「お祖父様、お祖母様。今度は一体どこに行くんです？」

それまでアムリットの傍らで成り行きを見守っていたフリッカーが、互いに頷き合う二人に尋ねる。

「そりゃ、もちろん地下牢のリーザ様のところですよ」

孫向けの優しい笑みを浮かべたエグゼヴィアが答えると同時に、辺りに旋風が舞い、周囲の景色はあっと言う間に変わった。

6

「ななない、これはどうしたことだ！」

「ここはっ……城の、地下？」

「こんなことって……！」

「モガーーーっ！」

「へぇ、便利ですね。これなら交通費が随分と削減できる」

「実に現実的で冷静だな、フーちゃんは。さすがは俺の孫」

「……その呼び名、本当にやめてくださいって」

「はははっ、可愛いなぁ、孫最高」

魔導の力に慣れ親しんでいないヴェンダント側と、フリーダイル側の反応の差は顕著だった。

祖父と弟の緊張感のない応酬を聞きつつ、既に祖母の瞬間移動魔法を経験済みだったアムリットも、然して驚くことなく周囲を見遣る。

長老邸の土蔵とは違って、王宮の地下牢は真っ暗闇というほどではない明るさが保たれていた。

発光性の魔導石が埋め込まれた石柱が、鈍く白い輝きを放っている。

柱と柱の間には鉄格子らしき金属性の黒い柵があり、監房が等間隔に並んでいた。陽の光が届かないため地上よりも涼やかだが、乾いた空気が若干黴臭い。

ほとんどが空室だが、向かって右端の角部屋に老婆が一人収監されていた。

筋張った身体に粗末な灰色の囚人服を纏った彼女は、石畳に敷かれた薄い麻布の上で猫のように丸まっている。見た目は若いが本来は八十歳近いエグゼヴィアやイグナシスと同年代のようで、囚人服は着古されていた。一体いつからここに囚われているのだろうか。

伏せた白髪頭はフラフラと船を漕いでおり、どうやら微睡みの中にいるらしい。突如現れたアムリット達の存在にも、まだ気付いていないようだ。

決して小さくはない物音や声が響いていたというのに、顔を上げるだとか、何かしらの反応を示す気配はなかった。恐らく耳が遠いのだろう。

長く囚われている様子だが、こんな小柄な老女が一体何の罪を犯したのか……それよりも、本当に前第四妃がこんな場所に収監されているのだろうか？

「……規模のわりに、囚人ゲラ少なくない？」

「囚われることを良しとしない戦士の国である上に、ここは王族用の独房です。看守さえほとんどいないと聞いていました」

何気ないアムリットの呟きに、後ろにいたサージが答えてくれる。

思わず振り返ると、彼は一人で佇（たたず）んでいた。ずっとその腕に抱かれていたダラシアは、エイダンと一緒に少し離れた場所にいる。

アムリットは牢獄を気にするふりをして、極力二人の姿を目に入れないようにしていたのだ。その間に、寄り添っていたはずの彼らの距離が開いていて、素直に驚いてしまう。

咄嗟（とっさ）にエグゼヴィアを目で探すと、簀巻（すま）きにしたルーフェを肩に担いですぐ後ろに立っていた。肩の上で身を捩（よ）じる少女にも動じず、ニッコリ微笑み返してくる。ダラシアへの嫉妬心を見透かされたようで、アムリットは妙にばつが悪かった。

「で、でも、囚人が逃げたことくらいすぐに分かりませんか？　この状態で一人減ったらすごく分かり易いと思うんですけど」

動揺していることをサージにだけは気取られないように、やや早口で疑問を投げ掛ける。

「それは、私も同感なのですが……」

言い淀んだサージに代わり、エイダンがぶっきらぼうに口を開く。

「丁度一年前からここは長老議会の管轄になり、近衛隊長である俺ですらみだりに立ち入ることはできなくなった。我が君がご存じないのは当然だ……それでも、この女は知っていただろうがな」

彼は鷹のように鋭い双眸に侮蔑の色を乗せて、ダラシアを見遣っていた。

「確かに、リーザの投獄をホレストルに進言したのはわたくしですけれど、逃亡していたことは知りませんでしたわ。きっと真実を見抜けない愚か者が、あの女の甘言に乗せられて抜け出す手引きをしたのではなくて？」

彼女はエイダンの言い分を認めながらも痛烈な皮肉を返す。

ここにきてすっかり居直った様子のダラシアに、アムリットは呆気にとられた。

これまでの言動から受けた儚げな印象は、すっかり変わっていた。

「なっ……！」

「悪足掻きしてないでさっさと認めちまいな、証拠は出揃ってんだから……あんたの方も、もう隠す気はないようだね」

「ええ、今更無意味ですもの。この国の無能な男達が逃がしたあの女を、捕らえてくださったことには感謝しますわ。それで、リーザは今どこに？」

エイダンを軽くいなした祖母にダラシアは首肯し、キッパリとした強い語調で問い返した。

まるで別人のような強(したた)かさを見せた彼女に、サージも愕然(がくぜん)としている。いっそ華麗なほどの切り替えの早さだ。

「目の前にいるだろう」

イグナシスが伸ばした人差し指の先は、右端の角部屋を示していた。

「えっ……？」

そこには最初に見た老婆の姿しかなく、アムリットは小さく声を上げる。

「これは……随分とご高齢な方だったんですね。失礼を承知で言わせていただきますが、正直意外です」

絶句する面々に代わり、フリッカーが口を開いた。

それは実にもっともな感想で、誰の口からも否定の言葉は出なかった。

この小柄な老婆が前第四妃リーザ・シィンだと誰が思うだろうか？

サージの母親だというには、明らかに年を取り過ぎている。

先王の寵愛(ちょうあい)を一身に受け、エイダンのような盲目的な崇拝者を生むカリスマ性も、薄汚れたその姿からは到底見出せなかった。

「ふざけるなっ、リーザ・シィンはあのような老婆ではないっ！」

「……エイダンの言う通り、残念ですけれど別人ですわ。あの女はまだ四十三ですし、わたくしと姉妹に見えるほど若作りなのですから」

エイダンとダラシアは、口々に言って首を横に振る。

ただ、サージだけが蒼褪めた顔で牢獄の中の老女を見つめていた。

「もしかして、本当にその人が？」

おずおずと問い掛けたアムリットに、彼は複雑な笑みとともにしっかりと頷いた。

「この姿は魔導石を手放したことによる後遺症です……母は私の心臓石の力を使い、自分に姿留めの魔法を掛けていたらしい」

そう手短に説明した後、サージは老婆がいる檻の前へと静かに歩み出る。

「……下手な芝居はもう結構です。顔を上げてください、母上」

麻布の上に蹲る小柄な身体に向けて、そうはっきりと呼び掛けた。

老女の肩がピクリと震え、その頭がノロノロと持ち上がる。深い皺が刻まれた顔が、ぼんやりとサージに向けられた。

「母上、私はっ……」

「うっ……、ふひひっ！」

彼が再び口を開こうとすると、甲高い声が老婆の喉から上がる。

白目が灰色に濁った深緑の双眸は、極端に中心に寄ったり、あらぬ方向を睨んだりと忙しなく泳ぐ。ケタケタと笑い声を上げる口の端からは、ダラリと唾が垂れ下がった。

どう見ても常軌を逸している。

全てが演技ならば、大したものだが……

「……っ、……期待はしてなかったが、お前の顔を見ても変わりなしか」

愕然として立ち竦むサージと、不気味に笑い続ける老婆を交互に見遣りながら、イグナシスは深い溜め息を吐く。

「助けたばかりの時は正気だったんだがな。全身火傷がほぼ癒えて、自らの容姿を認識した途端にこうなった」

「急激に老いさらばえた自分に耐えられなくて、気が触れちまったのさ。こっちが聞きたいことは、全部聞き出した後だったのが幸いだよ……無駄に自分のツラに自信がある女にとって、年老いることは死ぬよりも辛い罰だろうね」

「そんなこと許さないっ……！」

アムリットの祖父母の説明を受け、ダラシアが金切り声で叫んだ。

サージを押しのけて檻に向かった彼女は、ガシャンと音を立てて鉄格子を鷲掴みにする。突然かつあまりに必死な行動に、アムリットは不可解さを覚えた。

「簡単に楽になんてさせないっ！　リーザっ、こちらを見なさいよっ！　わたくしのことを忘れるなんて、絶対に許さなくてよっ……！」

「……ダラシアっ、やめなさい！　落ち着いてっ」

一瞬呆気に取られていたサージが、彼女を慌てて羽交い締めにする。

そんな二人の姿も目に入っていないように、牢獄の中の老女……元リーザ・シィンは笑い続けていた。

「……うるっさい」

鉄格子が立てる音、怒りを孕んだ慟哭、そして常軌を逸した笑い声が、アムリットの脳内で不協和音として響く。

まるで無数の針金で、これでもかと突き刺されているかのようだ。掌に冷たい汗が湧いてきて、呼吸が浅くなる。

あの土蔵の中で意識を失う前に逆戻りしたように、酷い息苦しさに襲われた。得体の知れない酸欠状態に陥ったアムリットからは、徐々に様々な音が遠退き、意識が朦朧としていく。

「放しなさいっ、サージ！　全てこの女のせいなのよ！　この女がっ、何もかもリーザがっ……タリザード様を殺したのはこの女なのよっ……！」

ダラシアが発した涙混じりの声が、酸素の足りない脳を一際大きく震わせた。

「……リーザ、……っ……タリザード」

彼女の口にした台詞の中から、その二つの名をアムリットは拾い上げる。

途端に、頭の中に巣食っていた霧が晴れ、明確な意思が生じた。

『……憎いっ』

衝動のままに発したその声は、アムリットのそれとは似ても似つかなかった。

＊　＊　＊

突如耳を衝いた呪詛の声に驚き、サージはその方向を見遣る。

そこに立っていたのはアムリットで、全身を覆い隠していたまじない札がハラハラと剥がれ落ちていた。ホレストル邸の土蔵で見た光景の再現に、サージは咄嗟にダラシアを解放し、アムリットに向かって左手を突き出す。

即座に掌を起点とした風の層が生まれ、剥がれ落ちた呪禁符を元通りに貼り付けようとしたが……

『憎いっ！』

再びその口から人間のものとは思えない、聞く者を制圧するような力の籠った声が放たれる。

未知の力を孕んだその声に一瞬怯むと、呪禁符が逆にサージに向かって飛んできた。そのうちの一枚が手に貼り付いた途端、彼が発生させた風は俄(にわ)かに弱まっていく。

村一つを水没させるほど強大な力を制御し得るそれは、使い方次第では強力な魔導封じの結界となるのだ。見る見るうちにサージの左腕は夥(おびただ)しい数のまじない札で覆(おお)われ、それらは腕を伝って喉(のど)、口……更に視界まで奪ってしまう。

「アムリットっ……！」

唇に貼り付く呪禁符(じゅきんふ)を噛み切り、サージは彼女の名を叫んだ。

すると、彼の身体を覆(おお)い尽くそうとしていた呪禁符(じゅきんふ)が一斉に剥(は)がれ落ちていく。遮(さえぎ)るもののなくなった視界に、小刻みに震えながら蹲(うずくま)るアムリットの姿があった。

「アムリットっ……」

「来ないで！」

咄嗟(とっさ)に駆け寄ろうとしたサージだが、アムリットがそれを制止する。

その声は元の彼女の声に戻っていた。

ただし、ヒューヒューと荒い息を吐いているため、呪禁符(じゅきんふ)を纏(まと)っていた時以上にくぐもって聞こえる。

「姉上っ……！」

「誰も近寄らないで！」

反対側から弟王子も駆け寄ろうとしていたが、彼女は鋭い声で接近を禁じた。

「どうしてですかっ？　一体、何なんです……！」

「……っ……あたしの中に、何かいるっ」

納得できない様子で言い募ったフリッカーに、アムリットは震える声で吐き捨てる。

常に飄々としていて、怖いものなど何もないように振る舞う彼女が、こんなにも怯えた姿を見せるのは初めてだった。ファーランドの底でも、ここまで取り乱してはいなかったのに。

彼女の身体から得体の知れない力がじわじわと空気に溶け出すように発散されているのを、サージは肌身で感じ取る。

「行けっ……！」

イグナシスが命じると、銀色の蛇がアムリットの周りを取り囲んだ。

枝分かれするように増えながら蛇行する平たい蛇達は、互いの尾に噛み付き、その身体で一つの輪を拵える。

鈍く銀色に発光する輪の中に囚われたアムリットは、石畳の上にドサリと倒れ込んだ。

周囲に蔓延していた見えない圧力も、彼女が意識を失ったと同時に薄らいでいく。

「これで一時的には安全だ」

十分に距離を取って状況を見定めていたイグナシスが、肩の力を抜いて呟く。

だが糸が切れたように倒れ伏すアムリットを前にして、一体何が安全なのかサージには疑問だった。

彼と交わした契約の中に、このような事態まで含まれていただろうか？

「あの子の体内に残っていた水の気は全て取り除けたんじゃなかったのか、エグゼヴィア」

サージの胡乱な視線を綺麗さっぱり無視した彼が、エグゼヴィアに硬い声で問い掛ける。

彼女の言動を常に全肯定してきたイグナシスだが、今回ばかりは非難めいた表情を浮かべていた。

「身体の隅々まで探ったが、アレの気配は確かになかったよ。見誤ったつもりもない……これは別の奴さ。二体もいたなんて……最悪の事態だね。アム様はすっかり魅入られてる」

鋭い視線を避けもせずに受け止めたエグゼヴィアは、何とも不穏な答えを返した。

この国ヴェンダントを襲った陰惨な事態の真相を、全て見通しているかに思われた二人の間に緊張が走る。その緊張感が、サージにも否応なく伝染した。

「別の奴とは……」


「ヒツジグサ」


サージが二人を問い質そうとした時、それに被せるようにダラシアが口を開いた。

今し方まで泣き濡れていたその美しい顔は、今にも倒れそうなほど蒼白だ。

それでも、怖いほどに真剣味を帯びている。

「わたくしはエイダンが言った通り、貴方をヴェンダントに呼び戻すように長老議会へ働きかけました。でもそれは、タリザード様の遺言だったからに他ならないのです」

生前、お世辞にも兄弟仲が良かったとは言えない長兄タリザード。その名を口にした彼女に、サージは瞠目(どうもく)する。

貴女は一体、何を知っているのですか？

第二章　禁忌に触れた者

1

アムリットは、暗闇の中に浮かんでいた。

満足に身動きが取れないことで、また同じ悪夢を見ているのだと自覚する。

ただし、今度は少しばかり状況が違って、足を下に引っ張られるような力を感じた。光のないこの場所では、その正体を目で探ることはできなかったが、細長い紐状のものが幾重にも巻き付いているのが感触として伝わる。

まるで蛇のようだ。

それは徐々に上へ上と這い上がってくる。肌の上を滑るその動きが気持ち悪い。どうにかしてそれから逃れようと、アムリットは早く目が覚めるよう念じる。

『憎いっ……』

再びあの声がした。

紐状の何かは喉にまで達していて、グイグイと締め上げてくる。食道を潰す勢いのそれに息ができなくなり、アムリットは堪らず口を開けた。

すると、開いた口腔にズルリと何かが入り込んでくる。渾身の力で歯を立ててもビクともせず、彼女は音にならない叫び声を上げた。


『喰らえ』


耳に届いたのは、以前とは違う冷酷な命令だった。無意識にコクリと嚥下すると、喉を締め付ける紐状のものが緩んだ気がした。

同時に、糊付けされたように開かなかった瞼がパチリと開く。

どうやら眠ったまま涙を流していたらしく、せっかく開いた視界は利かないままだ。涙に乱反射する強い光が辛くて、アムリットはすぐにまた目を閉じてしまった。

首元には締め上げられた感触が苦々しく残っていて、吐き出す息がざらついている。

「……ゲホッ」

喉を通っていく乾いた空気に拒否反応を起こして、アムリットは一頻り咳き込んだ。上掛けの上に投げ出した両手が、馬鹿になったように震える。

「アムリットっ……？」

冷たい汗をかいた手を、呼び掛けとともに強く握られた。

切羽詰まったような声はサージのものだ。

しかし、呼び捨てなのが引っ掛かる……もしやまだ自分は目覚めていないのではないか？

今一歩覚醒には至らず、都合のいい夢を見ているのかもしれない。その証拠に、いつまで経っても視界が晴れないし、息苦しさも治らない。

サージの手は温かく、感触も生々しかったが、先程の夢だってそうだ。彼の傍らには最愛の人が戻ったのだし、離縁を言い渡した相手をこんなにも必死に呼ぶわけがない。そもそも手だって握らないはずだ。

「……陛下」

「はい、苦しいのですか？　すぐにエグゼヴィア……お祖母様を呼んできましょう」

アムリットが夢の中のサージに呼び掛けると、彼は慌ただしく言いながら、握った手を放そうとする。

彼女はそれを阻止しようと強く手を握り込んだ。

そこで気付いたが、呪禁符の感触がない……やはりこれは夢なのだ。

「……アムリット？」

現実ではあり得ない親しげな呼び掛けが、無性に嬉しくなる。

きっと自分は酷く弱っているのだ。ほんの一時だけでいいから、誰かに……サージに甘えたい。

目が覚めたら、いつもの太々しいナメクジ女に戻るから。

「……好き」

「はっ……？」

無意識に零れ落ちた声に、不可解そうな声が返ってくる。いかにも彼らしい反応だ。

自分の想像力は随分と逞しいようで、それが今ばかりは嬉しい。

「陛下が好きです」

すっかり気を良くしたアムリットは、今度はハッキリと言葉にした。

たとえ夢の中とはいえ、気持ちを口に出すと存外スッキリするものだ。涙で相手の顔がぼやけているのも、気恥ずかしさがなくていい。

呪禁符越しではなく誰かと手を繋ぐのは、恐らく初めての経験だ。

彼の手を指でなぞると、ピクリと震えた。夢なのに実に細やかな反応だ。それでいて、アムリットの意思に逆らって振り解いたりはしないし、何か期待させるようなことや、逆に否定の言葉を紡いだりもしない。

自らが作り出した夢の都合の良さに、ほとほと感心してしまう。

「ふふっ……」

気が付けば声を出して笑っていた。

グチャグチャに泣き濡れていて、二目と見られない面相だろうが、構わない。目の前のサージは、所詮夢の産物なのだ。

その夢の産物は、アムリットの両手に自分の指を絡めるように握り直してくる。そのままアムリットは柔らかなシーツの上に縫い留められた。

「……んっ……？」

瞼を刺すように降り注いでいた光が遮られ、アムリットの唇に柔らかく湿った感触が落ちてくる。上唇と下唇を交互に摘まんで引っ張られるような感覚……痛くはないし不快でもなかったが、今まで感じたことがないものだ。

僅かな好奇心もあって好きにさせていると、次第に息苦しなってきて微かに口を開く。

すると、濡れた物体がニュルンと口腔に侵入してきた。歯列を割って入ってきたそれに、縮こまっていた舌を撫でられた途端、微睡んでいた脳味噌が急速に動き出す。

直前の悪夢が脳裏に蘇り、全身が大きく震える……そして。

「ムガムガモガーーっ！」

緩い拘束を振り解くと、アムリットはくぐもった怒声を上げて両手を前に突き出した。

掌から洪水のように勢いよく水が溢れ出し、彼女の身体に圧し掛かっていた夢の産物は容赦なく弾き飛ばされる。

「がっ……！」

背中から強く壁に叩きつけられた彼は、短く呻いて床に倒れ込んだ。

アムリットがバネ仕掛けの人形のように身を起こすと、涙はもう止まっていた。徐々にはっきりしてくる視界とともに、自らが置かれた状況を認識する。

「……うぐっ……な、ぜっ……！」

疑問の声を上げながら、サージは水浸しの床の上で悶絶していた。

濡れネズミのようなその姿は、いつまで経っても目の前から消えてくれない。

咄嗟に視線を逸らしたアムリットの目に、自分の腕が映る。まじない札は身に付けておらず、剥き出しになった生白い肌の上には、そこにあるはずのないものがあった。

二の腕部分に螺旋状に巻き付く銀色の蛇……それは、エグゼヴィアの足に描かれた刺青に酷似している。

「ゲっ……ゲゲールっ？」

記憶にない代物を前にして、すっかり混乱したアムリットの口からは、デンボ弁が飛び出す……すると、刺青の銀蛇が目をカッと開き、彼女に向かって平らな鎌首をもたげた。

「何ですのっ、今の音は……」

「痛っ……」

「きゃあっ、サージ？」

物音を聞きつけて来たらしいダラシアが、入り口近くでへばったサージを踏みつけてしまい、驚きの声を上げた。

「部屋中水浸しじゃないですか！　……えぇっ、姉上泣いてるんですかっ……もしやサージ王がっ？」

「がはっ！」

「アーちゃんが泣いてるだとっ？　……っ、……こいつ許せん！」

「ぎゃあっ……！」

「イグナシス、ちょっとは加減しなよっ……アンタは自分が助けた患者を殺す気かい？」

アムリットの弟と祖父母も、もれなくサージを踏み越えて部屋に入ってくる。

そのまま彼を囲んで、喧々囂々（けんけんごうごう）騒ぎ出した。

一向に覚める気配のない夢に、アムリットの頭から血の気が引いていく。

「……夢、じゃない」

そう結論づけるとともに、夢だと思い込んでやらかしたアレやコレやが思い出された……いっそこのまま死んでしまいたい。

＊　＊　＊

見知らぬ場所で目覚め、呪禁符（じゅきんふ）がないばかりか腕に銀蛇の刺青（いれずみ）を発見して、アムリットは非常に混乱していた。

そんなところへサージが現れ、素顔を見られたことで更に動揺した彼女は、水鉄砲で撃退してしまったのだ。

寝惚けてやらかしたアレやコレやも説明したら、またひと悶着（もんちゃく）起こりそうで、部屋に駆けつけた皆にはそう説明した。サージも黙って同意してくれたので、アムリットはホッと胸を撫で下ろす。

悪夢を見て心細かったからといって、何であんな真似をしてしまったのか……今思い出しても顔から火が出そうだ。

王城ディル・マースの地下牢で力を暴走させかけたアムリットは、聖獣使いであるイグナシスの力によって昏倒（こんとう）させられ、実に三日間も眠っていたらしい。

そう聞いた途端に空腹感が押し寄せてきて、そのまま食事という運びになった。

食事を取りながら、今に至るまでの経緯といろいろな事情を皆が教えてくれたのだ。

サージ達は意識のないアムリットを連れて、王都の外れにあるダラシアの実家の別邸に身を寄せたという。薬種商及び廻船（かいせん）商を営（いとな）む彼女の実家は、下手な王族よりも余程羽振（はぶ）りが良い。アムリットに宛がわれた寝室も王妃の間ほどではないが、十分に豪奢(ごうしゃ)だった。

意識を失う前のアムリットは、とても正常な精神状態とは言えなかった。一級魔術師のエグゼヴィアが考案した呪禁符(じゅきんふ)でさえ、暴走する魔導の力を抑えられなくなったらしい。今はイグナシスの魂(たましい)の半身である銀蛇が、アムリットを守ってくれているそうだ。

左腕の素肌の上を、時折スルスルと蛇行するその姿は、祖父の分身だと分かっていてもどうにも落ち着かない。同じものを足に平然と這(は)わせているエグゼヴィアの気が知れなかった。

それでも、今は我慢するより他ない……アムリットは自(みずか)らの意識を聖獣に乗っ取られそうになっているらしいのだから。

そもそものきっかけは、ホレストル邸地下の土蔵の更に地中深くで、地下水脈の結界によって封じられた魔導石にある。

その魔導石には、聖獣が宿っていたらしい。ダラシアの話を信じるならば、そこにサージの心臓石を封印したのは、今は亡き彼女の婚約者にして元王太子のタリザードだという。

ホレストルの了解を得ての行動らしいが、彼にはただリーザ・シィンの陰謀の証拠品だとしか伝えていないそうだ。ホレストルを筆頭に、ヴェンダントには魔導の力に対する差別が蔓延(まんえん)している……全てを告げれば、無用な混乱を招くとタリザードは考えたに違いない。

リーザの陰謀については、こう伝えたらしい。サージが生まれた際に握っていた心臓石が一級魔術師をも凌(しの)ぐ力を持っていたため、リーザは欲に駆られてその大部分を我がものにしたのだと。

もっともらしい理由を付けて、彼を祖国から追い出すように仕向けたのは、確かに母親であるリーザだ。

魔導の才を不当に奪われたことを知れば、サージも黙ってはいないだろう。理不尽な差別をしてきた者達にも、取り戻した力で報復しようとするはずだ。稀有な魔導石だけに、正当な持ち主である彼の手に戻れば、その力は計り知れない。

また、万一彼も制御できずに力が暴走した場合、魔術師のいないヴェンダントでは止めようがない。よって王城に次いで堅固なホレストル邸にて、厳重に秘匿しておくべきであると。

外交能力にも長けたタリザードの説明は実に巧みで、サージに対する差別の理不尽さと、報復されてもおかしくないことをホレストルに自覚させたのだろう。それゆえに、彼は従ったのだ。根本的な人間性は変わらなかったようで、今も差別はしているが。

「……一つ、質問よろしいですか？」

出された料理に一切手を付けず、己の知る真実を滔々と語ったダラシアに、骨付き肉を皿に戻したフリッカーが問い掛ける。意外にもヴェンダント料理が舌に合ったようで、中でもリャント肉がお気に入りのようだ。

「サージ王は祖国から追放の憂き目に遭ったのに、どうして元王太子はそうならなかったのでしょう？　長老議会の長の屋敷に件の心臓石を封印したのは、タリザード王子なのですよね。封印するには魔導の力が必要なはずです」

彼は、もっともな疑問を彼女にぶつけた。

「タリザード様は魔術師ではありませんわ。ただ、お母様である前第一妃がシッキム王家の出だったのです」

話の腰を折られたことに気分を害した様子もなく、ダラシアは簡潔に答えた。

「……ああ、なるほど。タリザード王子は、うちのお祖父様寄りの方だったわけですか」

「さすがは俺の孫だな、察しが早い」

すぐに得心がいったらしい賢い孫を、イグナシスが爺バカ全開で賞賛する。

彼も度数の高いデンヴェストという酒を気に入ったらしく、かなりの杯を重ねていた。しかし、その口調は平素と何も変わらない。もしかしたらアムリットが酒豪なのは、祖父からの遺伝だったのかもしれない。

「察しが悪い孫でごめん、シャッスン。それってどういうことなの？」

「察しが悪くてもいいさ、アーちゃんは方言が可愛いから許す。サージの心臓石を封じてあったあの結界は、黎国シッキムの王族にのみ代々受け継がれる秘術だ。シッキムは聖獣使いがやたら生まれるお国柄でな、王族はもれなく聖獣使いとしての鍛錬を課される。元王太子が聖獣使いだという話は聞かなかったが、伝統に則って母親から術を教わっていた可能性は高い」

意味が分からず尋ねたアムリットにも、祖父は相変わらず酔いなど感じさせない口調で分かり易く説明してくれた。

「ありがとう、よく分かった」

「補足をありがとうございます、イグナシス様。わたくしも説明できるほどの知識は持ち合わせておりませんでしたから」

首肯したアムリットに続き、ダラシアも素直に感謝を述べる。

生粋のヴェンダント人でありながら、聖獣使いを前に警戒している様子は見られない。魔術師であるサージにも昔から好意的だったというし、他のヴェンダント人に比べて、随分と進歩的な考え方をする女性のようだ。

「でも、聖獣使いは良くて、魔術師は駄目だなんて……ゲラおかしな国」

ダラシアの綺麗な横顔を見つめながら、アムリットが独り言のように呟くと、サージがそれに応えた。

「ヴェンダントにも聖獣信仰はありますからね。この国は才能よりも、努力を尊ぶのです。生まれ持った資質が物を言う魔術師よりも、努力次第で誰でもなれる聖獣使いの方が……言い方は悪いですが、まだましだと」

彼は祖国を擁護するような言葉を口にした。その祖国に散々虐げられてきたというのに、それでもなお守ろうとしている彼を、無関係な誰かはお人好しだと笑うかもしれない。だが、アムリットは違った。

「水呪」だと誤診されたことで不自由な引き籠り生活を送ってきた自分も、故郷や家族を愛している。そうでなければ、文化も気候も全く違うヴェンダントに遠路はるばるやってきて、ある意味屈辱的な政略結婚をすることはなかった。祖国をそう簡単に切って捨てられるほど、自分もサージも非情ではなく、器用でもなかったのだ。

一瞬気恥ずかしさを忘れてサージを見つめていると、複雑そうな表情で視線を逸らされてしまった。

自業自得だが、そんなことをされると落ち込む。

本当に、何であんな恋に浮かれた小娘のような真似をしてしまったのだろう。

落ち込む心を振り切るように、アムリットは再び口を開いた。

「でも、それを言い出したら陛下のお母様もとんでもない人ですよね。いくら実の息子の心臓石とはいえ、魔術師じゃないのに奪って操ることができたなんて……陛下の魔導石って、かなり特殊なものなんでしょう？」

赤く輝く心臓石など聞いたことがない。魔導の力に関する知識の乏しい自分にだって、尋常ではない代物だということくらい分かるのだ。

「これは私個人の推論ですが、母はただの人間ではなかったのではないでしょうか？　アムリット姫と同じく魔導石を持たない魔術師だったと考えれば、諸々の説明がつくのです。貴女ほど強力な力はなく、生活に支障がなかったがゆえに、私が生まれるまで本人にも自覚がなかったのでしょう。私の心臓石も、本来母が持つはずだったものを受け継いでしまったのやもしれません」

「……ふん、及第点だな」

サージが導き出した結論に、イグナシスが渋々といった態で首肯する。

アムリットやフリッカーに対する態度とは大分落差があるが、それでもサージの答えは祖父の眼鏡に叶ったらしい。

荒唐無稽な推論だったが、アムリット自身も魔導の力を持つことはあり得ないとされてきたオルガイム人の血を受け継いでいるのだ。それなら自分以外の人間にも、同じ神の悪戯が起こってもおかしくはない……当事者にとっては、随分と残酷な悪戯ではあるが。

「そう考えれば、リーザもまた被害者ということになりますが……」

「リーザが被害者だなんて、あり得ませんわ！　自分の子供を私利私欲のために平気で利用し、捨てることも殺すことも厭わない冷酷な女ですもの！」

それまで行儀よく話を聞いていたダラシアが、サージの言葉に盛大に噛み付く。

どうも彼女は前第四妃の話題になると、途端に冷静さを失ってしまうようだ。地下牢でもタリザードを殺したのはリーザだと叫んでいたし、自分が何者かも分からなくなっていた彼女に対して、激しく憤っていた。

まだ知り合って間もないが、ダラシアには理性と知性に裏打ちされた美しさを感じる。様々な理不尽やあり得ない事態に遭遇しても、過度に取り乱すことはなく、自分で状況を判断できる人だ。

そうでなければ、サージはともかくとして、明らかに怪しい外国人である自分達を匿ってはくれなかっただろう。

いきなり食って掛かったエイダンを軽くいなしていたし、ルーフェに噛み付かれた衝撃からも既に立ち直っている。

そんなダラシアが、リーザに対しては敵愾心を剥き出しにするのだ。不自然この上ないが、彼女の逆鱗に触れたであろう言葉の数々から、アムリットはある可能性に気付いた。

「間違っていたら申し訳ないんですけど……前第四妃の子供って、陛下以外にもいるんですか？」

アムリットがそのことについて尋ねると、不愉快げに細められていたダラシアの目が大きく見開かれる。

驚きに満ちたその双眸は、半開きになった煽情的な唇よりも余程饒舌だ。

「さすがはアム様、勘が鋭くてらっしゃる」

ずっと黙りこくっていたエグゼヴィアが、初めて口を開いた。

豪奢な絨毯の上に並べられた皿は、彼女の前だけ綺麗に空になっている。一体、その細い身体のどこに入っているのかとアムリットはギョッとした。自分も人のことは言えないので、祖父母からの遺伝を強く感じてもいるのだが。

「……取り乱してしまい、申し訳ありませんでした」

関係のないことに気を取られていたら、居住まいを正したダラシアが謝罪する。

正面からまっすぐアムリットを見返してきた彼女は、すっかり落ち着きを取り戻していた。

「そのことは、ルーフェ達が起こした事件にも関係するのですが……貴女には本当に申し訳なかったと思っています」

思ってもみない真摯な謝罪を告げられる。

ルーフェら貧民街出身の元側仕え達は、劣悪な環境から救い上げてくれた最初の主、リーザに心酔していた。そして、ダラシアが何の罪もないリーザを失脚させたと思い込んでいた。主を地下牢に投獄したダラシアを心底恨み、第二妃アムリット殺害の罪を着せて王宮から追放しようと目論んだのだ。

過酷な貧民街で生きていくためにスリや軽犯罪に手を染めていたとはいえ、年端もいかない少女達だ。未遂に終わったものの、彼女らを殺人にまで駆り立てるとは、リーザの洗脳は実に見事だ。

恐らくサージから奪った心臓石の力なのだろうが、他者の魔導石をそこまで完璧に使いこなしていたという事実が恐ろしい。しかし、タリザードはリーザから心臓石を取り上げ、ホレストル邸に封印したはずだが……彼女は他にも心臓石の欠片を隠し持っていたということだろう。

一方、地下牢で彼女の老いさらばえた姿を目にしたルーフェは、悪夢のような洗脳が解け始めているという。自ら命を絶った妹のフィリペのことは残念だが、ルーフェだけでも正気に戻ったのは不幸中の幸いだ。

何とフィリペがアムリット暗殺未遂を自白し、地下牢に連行されたことも計算の上だったらしい。彼女がその場で自決騒ぎを起こし、その隙にリーザを脱獄させる計画だったのだ。

ただし、リーザの悪運はそう長く続かなかった。

そのまま国外逃亡を図った彼女だが、紛れ込んだ隊商が砂漠で盗賊に襲われたらしい。彼女以外は皆殺しにされるという凄惨な事態に陥ったようだ。

リーザは身一つで追手から逃れたが、灼熱の太陽が照りつける砂漠で行き倒れてしまった。そこにイグナシスが偶然通り掛かり、命を救われたという。そして持っていたサージの心臓石の欠片を取り上げられたのだ。

私利私欲のために多くの人々を踏みにじり、何の罪もない少女の命を犠牲にした報いを、ここに至ってようやく受けたに違いない。美貌に絶対的な自信のあったリーザにとって、それを失うことは死ぬよりも辛いことだったのだ……完全に正気を失ってしまうくらいに。

悪夢から目を覚まし、生き残ったルーフェには、妹の分まで幸せに生きてほしい。残りの少女達も、彼女のように洗脳を解かれ、真っ当に生きてくれることを願う。

ルーフェは今、エイダンとともに王城ディル・マースへ戻っているそうだ。フナムシ襲撃の衝撃からそろそろ立ち直るであろうホレストルの動向を探るため、祖父母が彼らに頼んだらしい。あれだけ恥をかかされたのだから、ホレストルがサージの行方を探し回っている可能性があるというのだ。

隠密行動ならば軍人のエイダンは元より、身軽な少女にもうってつけだろうと祖父母は言うが、アムリットはそれだけではないと思う。

無実の罪に陥れてしまった上に散々暴言を吐き、怪我まで負わせたダラシアの厄介になることは、ルーフェの心情的に難しかったはずだ。暗殺しかけたアムリットとともにいるのも、相当気まずいだろう。エイダンとの組み合わせは一見チグハグだったが、そう考えれば妥当である。

「ルーフェ達がわたくしをディル・マースから追い払おうとしたのは、復讐だけが理由ではないのです。タグラムを守るためですわ……わたくしがあの子を殺すのではないかと思い込んでいたのでしょう」

複雑な笑みを浮かべたダラシアは、何とも不可解なことを口にした。

「王太子様を殺すっ？　母親の貴女がっ？」

驚いてやや早口になってしまったアムリットの問い掛けに、ダラシアはしっかりと首を縦に振る。

ダラシアがタリザード王子を心底愛していたことは、言葉の端々から感じられた。彼の忘れ形見であるタグラムと引き離されることは、身を切られるような苦痛だろう。それがルーフェ達の目的だったというなら、納得がいく。

だが、愛した相手との間に授かった子を殺す母親なんて、この世にいるだろうか？

そう思われる要素が、ダラシアには一切ないというのに。

「確かにタグラムはタリザード様の忘れ形見ですが、わたくしの子ではありません。本当の母親はあの女……リーザなのです」

混乱するアムリットに向かって、ダラシアは衝撃的な事実を舌に乗せる。

それまで比較的和やかだった場の空気は、一瞬にして凍り付いた。

2

「ダラシア、貴女はっ……私の母が、兄上と不義密通していたとおっしゃるのですかっ？」

ダラシアが落とした爆弾発言に対し、最初に口を開いたのはサージだった。

気色ばんだサージは、彼女に詰め寄ろうとする。立ち膝になった弾みで絨毯が不自然に引っ張られ、食器類がガチャンと大きな音を立てた。

アムリットは慌てて、ひっくり返りそうになったスープ皿を手で押さえる。

「王族が流行病に倒れた二年前、病床のタリザード様の枕元へ呼ばれたわたくしは、懺悔のような告白を受けました。そして彼を含む王族の死後、リーザの妊娠が発覚したのです。長老議会は先王の子と信じ、次代の王に擁立して、その子が成人するまではあの女とともに国の実権を握るつもりでした。わたくしは長老議会にリーザの不義密通を告発しましたが……全く取り合ってもらえませんでしたわ。それどころか逆にあの女から不敬罪で訴えられ、地下牢に幽閉されてしまいました」

当時の屈辱を思い出したように、ダラシアは唇を噛む。

それでも、彼女は気丈に言葉を続けた。

「それから一年後、生まれてきた王太子がシッキム人の特徴を持っていたので、長老議会もわたくしを信用せざるを得なくなったのです。ヴェンダント国内にいたシッキム人の血を引く男性は、タリザード様だけでしたから」

そこでダラシアの目に僅(わず)かな動揺が見られたが、一瞬のことだったので誰も言及しなかった。

タリザードとの不義密通が白日(はくじつ)の下に晒(さら)された結果、リーザはダラシアと入れ替わりに王宮地下牢へ投獄されたそうだ。

不幸中の幸いで、王太子の存在は秘されていた。国王の喪(も)が明けてから大々的に発表する運びとなっていたらしい。

その頃には王位継承権を持つ王族はことごとく身罷(みまか)り、王の血を継ぐ男児は国外にいたサージを除けば、生まれたばかりの王太子ただ一人だった。義理の親子の関係にある二人が作った不義の子が王の座に就くなど、とんでもない醜聞(しゅうぶん)だが、背に腹は替えられなかったのだろう。

そうしてタグラムと名付けられた赤子は、タリザードの婚約者だったダラシアの子として、後の王になるべく育てられることとなったのだ。

そんな理不尽な話が、あっていいのだろうか？

第三者であるアムリットさえ、吐き気を催(もよお)すような邪悪な真実だ。地下牢で正気を失くしたリーザを前にしたダラシアが、あそこまで怒り狂った理由も今ならよく分かる。

できれば自らの手で、リーザを殺してやりたいと思ったこともあるはずだ。それでも憎しみをグッと堪えて、法の裁きに委ねた結果がこれなのだ。あの黴臭い牢獄で屈辱に耐えたダラシアにとって、さっさと正気を手放したリーザは、償うべき罪から逃げたように感じられただろう。

それなのに、王宮に戻ったダラシアはもっとも愛しい男と、もっとも憎い女との間にできた子を育てていかなければならなくなったのだ。一体、罰を受けているのはどちらなのかと思えてくる。

「ダラシア、私にはどうしても分からない。貴女が私をヴェンダントに呼び戻したのは、兄上の遺言だとおっしゃいましたね。何故、貴女を裏切った兄の遺言に従ったのです？　どうして、そんな身勝手な男をまだ愛せるのですかっ……！」

辛い過去を告白したダラシアを、サージは震える声で糾弾した。

亡き兄に対する怒りが、間違った相手に向かっている。今にも泣きそうなその顔は、本当はこんな乱暴な台詞を言いたくないと訴えていた。

葛藤する彼に対して、ダラシアはとても優しい微笑みを見せる。すると、彼女に対する同情でいっぱいだったアムリットの胸が、それまでとは全く異質の痛みを覚えた。

「側仕えの少女達だけでなく、タリザード様もまた、貴方から奪った心臓石の力でリーザに洗脳されていたのです。それでも、最期にはあの女の呪縛を断ち切り、その命と引き換えに穢れた陰謀を阻止されました。ヴェンダントのために命を捧げたあの方を、どうして責められましょう……タリザード様の御心は、わたくしを一度も裏切ってなどいません」

そう断言したダラシアの顔は凛(りん)としていた。

こんなにもまっすぐで愛に溢れた人を、アムリットは初めて見たような気がする。そんな彼女こそ、サージが愛した人なのだ。

「……こんなの、敵(かな)いっこない」

真剣にダラシアを見つめる想い人の横顔を見て、アムリットは無意識に呟くが……

「貴女が心配するようなことなど何もありませんわ、アムリット姫。サージが愛しているのは貴女だけでしてよ」

呟きを聞きつけたらしいダラシアが彼女に向き直り、それまでの全てがどうでもよくなるような台詞(せりふ)を舌に乗せた。

「ふぁっ……？」

「なっ……！」

予想外も甚(はなは)だしい言葉に、アムリットは素(す)っ頓狂(とんきょう)な声を上げてしまった。

サージも驚きの声を上げたが、彼の方を向くことなどできない。俄(にわ)かに頬が熱くなってきたし、今のアムリットは無様な顔をしているはずだ。

「それに、わたくしがサージを男性として愛することは絶対にあり得ないのです。たとえわたくしの心にタリザード様がいらっしゃらなくとも、それは変わりませんわ」

「ぶっ！」

サージにとって残酷な追い打ちを掛けたダラシアに、噴き出したのはフリッカーだ。

「……っと、失敬。随分と正直……いえ、はっきりおっしゃるなと思ったもので」

この上なく機嫌が良さそうな彼は、鼻歌でも歌い出しそうだった。詫びたのは口先だけで、失礼だったとは小指の先の甘皮ほども思っていないに違いない。

そこで落胆も露(あら)わな溜め息が、ダラシアの唇から洩(も)れる。

「サージ、貴方を男性として見られないのは、貴方が考えているような理由では決してなくてよ。貴方もタグラムも、わたくしにとって憎むことなど絶対にできない存在なのです……どちらも、大切な弟なのですから」

彼女が最後に口にした言葉は、どこか不自然な緊張を孕(はら)んでいるように聞こえた。

「……弟？　タグラムと私が、貴女の？」

サージも何かが引っ掛かったようで、訝(いぶか)しげに問い返す。

「言葉通りの意味ですわ。最初に言ったでしょう、サージ。あの女……リーザは私利私欲のためなら、我が子であっても平気で捨てられるのです」

そんな、まさか……侮蔑(ぶべつ)の籠(こも)ったその言葉を聞いて、アムリットの脳裏にあり得ない推論が生まれた。

「あの女の最初の夫は薬種商及び廻船(かいせん)商を営(いとな)む……わたくしの父です」

当たってほしくない予感ほど的中するというが、それは本当だった。

「そんなっ……貴女は私の妻で、貴女がそうなることを望んだとっ」

すっかり混乱してしまったサージは、誰に問うともなく呟いていた。

ずっと片想いをしていて、一度は夫婦にまでなった相手から異父姉だと告白されたのだから、無理もない。

「あの女もエイダンの姉、フェルオミナと同じです……もっとも、あの女は自らそうなるよう仕向けたのですが。あれは今から二十五年前でしたわ、リーザは四つのわたくしを連れて市場にいました。そこで視察中の先王様に見初められたのです。お父様は全てを失う覚悟でリーザを守ろうとしたのに、あの女は何の躊躇もなくわたくし達を捨て、嬉々として離宮に入りました」

先王の女好きは市井の人々の間でも有名で、視察時には年頃の娘や妻を家から出さないことが暗黙の了解となっていた。

当然ダラシアの父も若く美しい妻を心配し、部屋から一歩も出ないように命じていたのだが……彼女はそんな夫の目を盗み、遊びたい盛りのダラシアを唆して、先王の視察経路にある市場へ向かった。リーザの目的など、その時点で明らかだ。

家の事情により十三で嫁がされたリーザを、ダラシアの父は大事にしていた。だが美貌に絶対的な自信を持っていたリーザは、一商人の妻に甘んじるような慎ましい心持ちの人間ではなかった。我が子であるダラシアの無垢な心さえ利用して、まんまと先王の目に留まり、その妻の座を獲得したのである。

愛する妻に裏切られた父親の落胆ぶりは、幼いダラシアも見ていて辛かったそうだ。自分と同じく置き去りにされたダラシアを不憫に思い、母の不在を感じさせないよう、彼女の分まで気に掛けてくれるような優しい人だったのに。

だから、ダラシアは幼い胸に復讐を誓ったのだ。

美しく成長した彼女は、リーザに近付くために女官として王城ディル・マースで働き始めた。復讐の機会を窺いながら勤めていた王宮で、偶然タリザード王子と出会い、恋に落ちたという。

身分違いをものともせずに求婚され、誠実な彼と婚約したことで心の平安を得たダラシアは、復讐を忘れようと思ったこともあるそうだ。

それなのに、再びリーザの私利私欲によってタリザードを奪われてしまった。

その怒りと悲しみは如何ばかりか……今のダラシアは愛した男の無念を晴らすため、彼の遺言を実行するためだけに生きているのだ。

「……なかなか肝の据わった女だね、初志貫徹できるといいが」

話を聞き終えたエグゼヴィアが含みのある言葉を彼女に投げ掛ける。

「もちろんそのつもりですわ。サージ、貴方にとってヴェンダントが、悪夢のような思い出しかない場所だということは承知していました。二度と帰りたくなかっただろうことも……けれど、わたくしもタリザード様も、他に頼れる人がいなかったのです。どうかこの国を救ってください」

ダラシアは異父弟だと告げたばかりのサージに向き直って、深々と頭を下げる。

積年の想い人の告白は、サージを完膚なきまでに打ちのめしていた。

立てていた膝が崩れ、再び座り込んでしまった彼は、まるで幽鬼のようだった。床に臥せていた頃よりも、その顔からは生気が失せている。

リーザ、ダラシア、サージ、タリザード……愛憎が複雑に絡み合った四人の関係は、冷静になろうとしても整理が追いつかない。

ダラシアが、この場にいる誰よりも辛い仕打ちを受けていたことは理解した。彼女の本当の行動理由が逆恨みではなく、純粋な怒りと正当な権利を得るためだったことも。

けれど、そんな辛い思いをしてきたからだろうか……ダラシアには余裕がなさ過ぎる。

同じように母親や祖国から虐げられ、傷付けられてきたサージの心に全く寄り添えていなかった。

いくら譲れない目的があるからといって、他の誰かを犠牲にしていいはずがない。

程度の差はあれ、彼女がやっていることはルーフェやフィリペと何ら変わりない。

アムリットにはそう思えた。

「どうして、陛下がヴェンダントに戻ってきてすぐに真実を告げなかったんですか？」

きつい口調にならないよう注意しながら、アムリットはダラシアに尋ねる。

ここまで巻き込まれたら、一言くらい言わせてもらわないと気が済まない。サージは相変わらず孤立無援で、彼には何の責任もない事態の後始末を押し付けられそうになっているのだ。

自分一人くらいは加勢しなければ……そんな使命感がアムリットの中に芽生えていた。

「アムリット姫、貴女はとても優しい方ですのね。貴女を餓死させようとしたルーフェ達にも心を砕き、彼女達の更生のために尽力していた。今もまるで我がことのように、サージのために憤ってらっしゃる……まるで聖女、まさしくファーランドの聖女ですわ」

「訊いたことにはちゃんと答えてください。陛下を利用しようとしたことを、はぐらかそうとしてるんですか？」

歯が浮くようなお世辞を並べ立てるだけで、質問に答えない彼女に、アムリットは徐々に苛立ってくる。

「不快にさせるつもりはなかったのです、申し訳ありません。サージを連れ戻すことに、ホレストルを始めとする長老議会は難色を示していたのです。きっとわたくしが彼を傀儡にして実権を握ることを危惧したのでしょうね……幼いタグラムに、自分達が同じことをしようとしていたから」

彼らはダラシアとサージを常に監視していたという。更にサージの金冠には魔導封じが施され、ガトラという頭巾には盗聴機能のある魔導石が織り込まれていたようだ。

そうした事情から、サージと二人だけになる機会が訪れても、真実を告白することが難しかったのだ。

「ガトラを外したサージと二人きりになる機会は、全く作れないわけでもなかったのですが……あの……」

そこまで言って、彼女は俄かに言い淀む。アムリットに対してもそうだが、それ以上にフリッカーに気を遣っているようで、チラチラと視線を向けていた。

その様子から、アムリットはダラシアが言わんとしていることを何となく察する。

どちらも形だけだったとはいえ、以前は第一妃と第二妃だったのだ。共通の夫であるサージとの夜の話は、確かに切り出し難いだろう。フリッカーのような子供の前で大っぴらにできる話でもない。

「ああ、なるほど。閨ですか……事実を隠していたとはいえ、異父姉弟である以上、それもなかなか難しかったのでしょう」

ダラシアが濁していたことを、当のフリッカーがサラリと舌に乗せてしまう。

あっけらかんとした彼の様子に、ダラシアは目を白黒させていたが、ぎこちなく頷いた。

「ええ。それでも話をするために、夜に王妃の間へサージを呼んだことも何度かあったのですが……タリザードの名を出した途端に、いつも怒って出ていってしまって」

「……それは、仕方がないでしょう」

本来互いの胸に秘めておくべき過去を赤裸々に暴露されたサージは、呻くように言って項垂れた。

彼は忘れているかもしれないが、アムリットがこの話を聞くのは二度目だ。あの暗殺未遂事件のすぐ後、犯人逮捕を報告しに来たサージは、酔っ払ってダラシアへの不満を盛大に愚痴っていたのだ。

知っているから今更だ、と言っても慰めるどころか余計追い打ちを掛けるだけだろうから、敢えて言いはしないが。

「ダラシ……いや、姉上。その辺りの話はもういいですから、ヒツジグサについて話しましょう。アムリット姫の身は今も危険に晒されているのですよ。事態は一刻を争う」

「確かにな。俺がやったのはただの時間稼ぎだ。元を絶たなきゃ、根本的な解決にはならん」

気まずい空気を変えたかったのであろうサージが強引に持ち出した話題に、珍しくイグナシスが乗った。

当事者であるアムリットも、自分の中にいる存在が気にならないはずはない。

それは悪夢となって彼女を傷付け、更には他の誰かを傷付けるように命じてくるのだ。祖父の魂魄の欠片が守ってくれているから今は踏み止まっていられるが、いずれは根負けしてしまうだろう。暴走すればきっと、片田舎の村一つを湖に変えるだけでは収まらない。この命と引き換えにして、ヴェンダントを海底に沈めるだろう……そんな確信に近い予感がする。

不意に寒気を覚えて剥き出しの腕を擦ると、左腕に貼り付いていた銀蛇が鎌首をもたげ、指先に平たい頭をスリリと寄せてきた。

不安に圧し潰されそうな心を宥めるような仕草に、アムリットは僅かに口角を上げる。こちらの気持ちを汲み取って勇気づけようとしてくれるのは素直に有難かった。

「それについてはこれまでの話と違って、わたくしの未知の領域です。タリザード様のお言葉を正確に捉えかねているかもしれませんし……わたくしを枕元に呼ばれた時には既に今際の際で、話している途中で意識が混濁することもありましたから」

それまで淀みなかったダラシアの語り口が、ここに至って急に尻すぼみになる。聖獣使いでも魔術師でもない上に、彼らの存在を拒絶してきたこの国に生まれ育った彼女が、そういった方面の知識に不安があるのは仕方がないだろう。

「姉上が心配なさることはありません。ヒツジグサという言葉で、私もファーランドの地下で見たものを思い出しました。それをもとに一つの仮説を話しますから、兄上の言葉と相違がないか教えて頂きたい……イグナシス様とエグゼヴィア様も、私の勘違いがあればご指摘願います」

「ああ。聖獣使いとして不自然なところはしっかり精査してやる」

「どっちの事情にも精通してるサージ王なら、大きく間違えることもないだろうさ」

サージの提案に、祖父母が頷く。

ダラシアの悲惨な身の上話を、皆と一緒に黙って聞いていた二人だが、そのせいで判断が揺らぐことはないようだ。

それぞれ薄紫と銀に輝く双眸は、何もかもを見通すように鋭い。

やや緊張した自らの顔を映す二対の双眸を前に、無意識に自己防衛本能が働いたのか、ダラシアは居住まいを正した。

毒化したファーランドの泉の底で、アムリットはただ取り乱していた。あの時は全てが不測の事態で、心の準備も整わない状況だった。それなのに、冷静に周囲を観察し、更にそのことを覚えているというサージに驚かされる。

地上に戻った後も生死の境を彷徨った彼は、毒化した泉の中で一体何を見たというのだろう？

「ヒツジグサとは、蓮の花に似た水草のことですね？　かつてファーランドの水面でも輝くような白く美しい花を咲かせていたのを覚えています」

サージの問い掛けに、真剣な顔をしたダラシアが頷く。

「ええ、恐らくタリザード様はそのことをおっしゃっていたのだと思いますわ。わたくしはまだファーランドに立ち入る機会に恵まれていないから、直接見たことはないのですけど」

イグナシスとエグゼヴィアは何も口を挟まなかった。

「あの泉は地底深くで、ヴェンダントの地下を走る水脈と繋がっています。それら全てを残らず氷漬けにしたのは、兄上だったのでしょう。黎国シッキムは雪深い極北の国です。彼の国の聖獣使いは、冷気を操る技に長けていると聞きます」

「そのまま続けろ」

同意を求めるように視線を向けたサージに、ほんの一瞬だけ口角を上げたイグナシスが、話の先を促す。

祖父がサージに微笑みかけるのは大変珍しいが、かつて二人は師弟関係にあったのだ。客員講師としてガルシュの魔導研究所に招かれたイグナシスは、サージを研究所から引き抜いて後継者にしようとしていたくらいには気に入っていたそうだ。いつもは自虐的過ぎる性格に隠されがちだが、彼の知識は確かなのだろう。

　後継者の件はサージがヴェンダントに連れ戻されたため、実現することはなかった。けれど、彼にとっては祖父の後継者になっていた方が良かったのかもしれない。もちろん、そうなっていればアムリットは彼と出会わなかったわけだが。

　何の疑問も抱かず、死ぬまで引き籠（こも）り生活を続けていただろう。以前はそれが当然だと思っていたし、不満に思うこともなかったのに、今では全てが変わってしまった。

　何もかもに決着がついてフリーダイルに戻った後、自分は以前の平穏だが平坦な生活に戻れるだろうか？

「アムリット姫、大丈夫ですか？」

　サージに呼び掛けられ、アムリットは無意識に伏せていた顔を上げる。

　怪訝（けげん）そうな表情で自分を見つめている彼に、思わず小首を傾げた。

「お加減が悪いのですか？　顔色が優れませんが……」

　そう言われて咄嗟（とっさ）に頬に手をやると、掌（てのひら）がペタリと素肌に触れる。

　まじない札がカサカサした音を立てることも、その感触が手に伝わることもなかった。

「……あー、ずっと呪禁符（じゅきんふ）をしていましたから、何だか落ち着かなくて。それだけです」

　アムリットは首を横に振って、曖昧（あいまい）な返事をする。直前まで考えていたこととは違ったが、それも嘘ではなかった。

イグナシスの銀蛇を纏っているお陰で呪禁符が不要となり、紙の擦れる音がしなくなったのは爽快だ。けれど、あれは自身の感情を他人に悟らせないための鎧でもあったのだ。

今後は口では殊勝なことを言っておきながら、呪禁符の下で舌を出すこともできない。今更人前で表情に気を配らなければならないのかと思うと、億劫だった。

何よりも、サージにあんなことを仕出かした後なので気まずいし、美しいダラシアと並んだ姿も見られたくなかった。最初から素顔を晒していたら諦めもついただろうが、アムリットはダラシアのように美しくはない。

外見で勝負しようとも、勝負したところで勝てるとも思っていなかったはずなのに、今更気にしてしまう自分が女々しくて嫌だった。

「どうぞ、話を続けてください。私の身に起こったことの真実が知りたいです」

「……分かりました。しかし、貴女が本調子でないのは事実です。ご気分が優れない時は、遠慮なくおっしゃってくださいね」

自己嫌悪を振り切るようにアムリットが促すと、サージは渋々といった態で頷き、中断した話を再開させた。

「神代の終わりに神々とその眷属が天上界に戻った後も、一部の聖獣や精霊達はこの世界……エリアスルートに残りました。ですが、ここでは肉体を保てないため、彼らは魂の器として何かしらの自然物を選ぶ……かつてのファーランドは、青く澄んだ水面にヒツジグサと呼ばれる水草が白く美しい花を咲かせる、それは美しい泉でした。精霊がヒツジグサを依り代にしたとしても何ら不思議はありません」

長きに亘り海上の民ヴェンダント人を見守っていた聖獣レディオルは、彼らが陸へと住み処を移した後もその行く末を案じた。そして、陸の民となっても変わらず自身を崇める彼らを見守るため、海から砂漠の泉ファーランドに依り代を変えたとされている。

聖獣レディオルが宿ったことで聖泉と呼ばれるようになったファーランドだが、そこにはレディオルだけでなく精霊も共棲していたのではないか……彼はそう言うのだ。

「私はファーランドの毒水の中で、蠢く影を見たのです。それは遥か奥底から細長く伸びていた……まるで意思を持っているかのように、こちらの様子を窺っているのが分かりました。暗い水中では視界が利きませんでしたが、あれは毒に浮かされて見た錯覚ではありません」

「……あっ」

アムリットは我知らず声を上げていた。

「どうされましたか？」

「私もそれを見ました。ただ、泉の底で見たわけではなくて、陛下と一緒にあの筋肉だるま……じゃなくて長老宅の土蔵に行った後から、ずっと夢に出てくるんです。視界が利かない暗闇の中で、下の方から細い紐のようなものが伸びてきて、首を絞められて……多分、何かを呑まされました。全ての感覚が生々しくて、目が覚めてからも暫く息が苦しいくらいで」

寝惚けていたアムリットはサージにされた口づけを、その悪夢の続きだと思い込んだ……そのことに関しては、咄嗟に口を噤む。

「……アム様、それは本当に夢の中の出来事ですか？」

悪夢を思い出して小さく身震いした彼女に、エグゼヴィアが問い掛けてきた。

「どういうこと？」

「ファーランドに潜った時に、実際に起こったことかもしれません。忘れていた記憶を夢に見たのでは？　あまりに衝撃的過ぎて自己防衛本能が働いたのか、何者かによって意図的に忘れさせられたのかはまだ分かりませんが」

エグゼヴィアの言葉に、アムリットは瞠目する。

確かに薄暗くて自由の利かない状況は、ファーランドの泉に潜った時の状況に酷似していた。

サージが見たと言う細長い何かも、夢の中のそれと一致する。

だとすれば、あれは悪夢ではなく実際に起こった出来事なのだろうか？

「ヒツジグサに何を呑まされたか、思い出せますか？」

「……硬くて、丸い何か……そこまで大きなものではなかったと……それだけです」

今度はサージに訊かれ、無意識に喉を擦りながら記憶を頼りに呟く。それが食道を通る時の焼けつくような苦しさは鮮明に覚えているが、そのもの自体ははっきりと覚えていなかった。

「恐らく魂魄の欠片を宿したヒツジグサの種だろう。目的のもの……つまりレディオルの魂魄が封じ込められた魔導石を見つけたと同時に、身体を乗っ取るように仕込まれていたんだ。アーちゃんの中にいるのは、ヒツジグサの精霊で間違いない」

イグナシスの言葉が、生々しい夢だと思っていたそれを、現実の記憶としてアムリットに自覚させた。

3

ここヴェンダントには、今も学者達の間で信憑性が疑われている言い伝えがある。魔術師を排除し、聖獣信仰を確固たるものにするために、教会組織が流布したものではないかと。

しかし、魔術師であるサージは、ずっとその言い伝えを真実ではないかと思っていた。

遥か昔、ヴェンダント一帯のオアシスにはある水草が生息していた。凶悪な灰色熊さえひと舐めで死に至るほどの猛毒を持っており、周辺の砂漠を如何なる生き物も共存できない不毛地帯にしていたらしい。

しかし、強力な浄化の力を持つ聖獣レディオルが移り住んだことによって、不毛の砂漠は蘇った。レディオルは地下水脈を通して全ての毒素を浄化し、サージ達の祖先にこの地で生きるに足る生活水を与えたという。

砂漠で暮らす者にとって水は何よりも得難いものであり、容易に諍いの種になる。もし言い伝えが嘘だとすれば、ヴェンダント人が上陸するまでここが未開の地だったのは不自然だ。だが、言い伝えが真実だったとすれば、潤沢なオアシス付きの広大な土地が手つかずで存在していてもおかしくない。

その猛毒を持つ水草というのがヒツジグサであり、恐らく精霊を宿していたのだろう。

海上の災厄を払うとされるレディオルは、鉤爪と鋭い牙を持つ恐ろしげな姿とは裏腹に、争いを好まない慈愛に満ちた聖獣として知られている。それゆえに、この地に先住していたヒツジグサの精霊を排除することなく、共存の道を選んだのだろう。

そう考えれば、全ての辻褄が合う。

神々に創造神と破壊神がいるのと同じように、精霊にも正と負の属性がある。恐らく負の属性であろうヒツジグサの精霊は、魂を宿したヒツジグサを媒介にして、猛毒を周囲に撒き散らしていたのだ。この地が砂漠であるのも、長らく精霊が棲みついていたせいなのかもしれない。

だからこそ、ヒツジグサの精霊も、真逆の力を持つレディオルとの共存を歓迎したはずだ。

「ホレストル邸の土蔵で魔導石を見つけた時、アムリット姫は突如能力を暴走させ、凍り付いた地下水脈を溶かそうとしていました。きっとヒツジグサの精霊が貴女の力を利用して、封じられたレディオルの魂を解放しようとしたに違いありません」

精霊や聖獣も人間と同じように孤独を感じるかどうかは分からない。だが、少なくとも互いを認め合い、なくてはならない存在になっていたことは確かだろう。

「そうでなければ、今までずっと聖獣の陰に隠れて生きてきたヒツジグサが、わざわざその存在を明かしてまでレディオルを助けようとはしなかったはずです……もしかしたら、二体は番い（つがい）に近い関係だったのかもしれません」

サージはそこで言葉を切り、アムリットを盗み見る。

イグナシスの言葉を聞いて以来、彼女は黙りこくって微動（びどう）だにしない。呪禁符（じゅきんふ）を纏（まと）っていない彼女からは、受けた衝撃の強さが余さず見て取れた。

アムリットが今身に付けている黄色い衣装は、ダラシアに極力露出の少ないものを、と言って借りた衣装だった。ダラシアが着れば煽情的（せんじょうてき）に映るであろうそれは、アムリットが纏（まと）うとまるで違って見える。

波打つ豪奢（ごうしゃ）な赤毛と生白い華奢（きゃしゃ）な肢体は、ファーランドの地下でうっすら確認済みだったが、宝石のように円（つぶ）らな深紅の双眸（そうぼう）を見たのは今日が初めてだ。

大きな瞳は宝石のように輝いていて、吸い込まれそうなほどに澄んでいる。その眼差しを向けてもらえるなら、何でもしたいと思わせる不思議な魅力があった。

長年呪禁符（じゅきんふ）の下に隠されていたせいだろうか。その心に見合った、何とも汚れない無垢（むく）な美しさがある。

だが、彼女を長らく悩ませてきた「水呪（すいじゅ）」が誤診だと判明し、婚姻関係もじきに解消されるのだ。彼女がファーランドに戻れば、美しい王女の噂は瞬く間にエリアスルート中を駆け巡るだろう。きっとこれからは掌を返したように、縁談話が次から次へと持ち込まれるに違いない。

サージは目の前のアムリットに見惚れていたが、それより夢うつつの状態で自らの手を握り返してきた彼女の姿が忘れられなかった。周囲に誰もいない状況で、呪禁符を纏っていない素の彼女を見たのはあれが初めてだ。

地下牢で暴走した彼女がイグナシスに眠らされてから、今日で三日目。いつも誰かしら枕元に付き添っていたのだが、皆がほんの一瞬目を離した隙に、アムリットは目を覚ましたらしい。サージが彼女の覚醒に気付いたのは、単なる偶然だった。

アムリットが眠る寝室の前を通り掛かった際、中から苦しげな咳が聞こえた。もしやと思って中を覗くと、寝台に身を横たえたまま荒い息を吐く彼女の姿が目に入った。

涙を流す彼女の手を咄嗟に握ったら、思ってもみない告白をされたのだ。

アムリットはサージの手を握り返し、「陛下」と口にした。サージだと確かに認識した上で、好意を舌に乗せた。涙でしっとり濡れた赤い瞳と、微笑みを形作る可憐な唇に見惚れた。片想いだと思っていた女性から同じ想いを返されて、心が騒がない男はいない。

誘惑に打ち勝てずに唇を寄せ、そこで初めてサージは自分の勘違いに気付いたのだ。アムリットの意識は覚醒しきっておらず、依然ヒツジグサの精霊の支配下にあるのだと。

レディオルを奪われた精霊の怒りや悲しみが、彼女の心を曇らせていた。サージの左手に宿っている魔導石は、レディオルの魂魄を封じたそれの双子石だ。その双子石を宿した左手でアムリットの手を握ったがため、彼女の身に宿った精霊が、対の石に封じられた聖獣の存在を感知したのだろう。

そのことを知らないアムリットは、精霊が覚えた聖獣の魂への渇望を、自分の心情だと錯覚したに違いない。

つまり、目の前のサージに対する愛情だと思い込んだのだ。

舌を入れられた拍子に完全に覚醒して、さぞや驚いたことだろう。咄嗟に両手から鉄砲水を出して、サージを退けるほどに。

騒ぎを聞きつけてやってきた祖父母や弟達に事実を告げなかったのも、そのせいだ。アムリットは全てをなかったことにしたかったのだ。

だから、サージも彼女に倣って口を噤んだ。

勝手に先走って唇を奪ってしまった事実は、彼女の将来のためにも墓の下まで持っていかねばならない。

それでなくとも、アムリットの祖父母は隠された真実を見抜くことに長けている。少しでも隙を見せれば、全てを知られてしまう可能性がある。サージが責められるのは自業自得だが、アムリットに恥をかかせるわけにはいかない。

「母のことは、我が親ながら神経が分かりません。私から奪った魔導石の力で容姿を偽り、人心を操るだけでは飽き足らず、更なる禁忌に触れるとは……」

動揺を見せないよう十分に気を付けながら、サージは言葉を続けた。

リーザはサージから奪った心臓石を媒介にして聖獣の魂を取り込み、永遠の命を得るつもりだったのだろう。

聖獣の魂魄を取り込むためには、聖獣使いのように自分の魂を差し出さなければならない。だが二つの魂を一つの肉体に宿すことは自然の理を乱す禁忌とされているので、聖獣使いは肉体に聖獣を宿している間は魂だけで存在できるように訓練している。

リーザは魔導石を使って胎内のタグラムの魂を自らの魂に見せかけ、身体から抜き出した後、聖獣の魂を自らの魂と融合しようと企んだのだ。魔導石に聖獣レディオルの魂が宿ったのはその時だろう。

だが、狡猾なリーザはサージから奪った魔導石を更に二つに割り、一つは首飾りとして肌身離さず身に付けていた。もう一方は不測の事態があった場合の保険にと、呑み込んで隠し持っていたらしい。

タリザードがホレストル邸地下に封印したのは、レディオルの魂魄が宿った首飾りだけで、彼女が体内に隠していた魔導石には気付かなかったようだ。

その魔導石の存在は、砂漠で行き倒れていたリーザを発見したイグナシスによって、初めて明るみに出たのである。

「言ったでしょう、あの女の強欲さには際限がありませんわ。レディオルの魂を食らい、永遠にヴェンダントに君臨する生き神になるためなら、お腹に宿ったばかりの命だって躊躇なく利用するのです！」

母親の話となると感情の昂ぶりが抑えられないらしく、ダラシアが吐き捨てるように言う。

「使いどころさえ間違わなけりゃ、大した才能なんだがなぁ。てめぇの命の代わりに腹ん中のガキを使うとは、さすがの俺でも思いつかん」

「少しでも人間の心が残ってりゃ、考えもつかない鬼畜の所業だからね。ヒツジグサの精霊さえいなけりゃ、今頃は前第四妃の完全犯罪が成立してたかもしれないが……何の犠牲も払わずに甘い汁だけ吸おうなんて、ふざけんじゃないよ」

それぞれ聖獣使いと魔導の道を極めたイグナシスとエグゼヴィアの二人も不快げに唸る。

彼らもかつて禁忌を犯してはいたが、互いに相応の犠牲を払っていた。それゆえに、成果を独り占めし、我が子に危険を押し付けたリーザのやり口は到底許せないのだろう。

「え……タグラムって王太子？　自分の代わりにって、どういう……」

皆が一斉に話し出したものだから、アムリットは理解が追いつかずに戸惑っているようだ。

「どうも姉上が理解してないようなので、僕が総括しますね。前第四妃はレディオルの魂魄が欲しかったけれど、自らの魂はやりたくなかったんです。それで、自分よりも聖獣好みの魂を用意すべく、シッキム人であるタリザード王子を誘惑し、まんまと子種を手に入れたわけです……ここまではいいですか？　ですが、恐らくヒツジグサの精霊に邪魔をされ、前第四妃の目論見は失敗しました。王子の洗脳も解けて、彼は命と引き換えに王家の秘術を使って前第四妃の尻拭いをしたんです。王太子としての責任感ですかね。ただ根本的な解決はできていないので、更なる後始末のために、婚約者を介してサージ王を呼び戻そうとしたと……多分、そういうことですよ」

混乱する姉姫のため、フリッカー王子が的確に要点をまとめた。

「貴方、すごいですわ……わたくしでも理解するのに暫く掛かりましたのに」

この短時間で、当事者よりも分かり易く説明したフリッカーに、ダラシアは舌を巻いたようだ。

弱冠十二歳の少年ながら父王に代わって諸外国との交渉の場を仕切る彼は、他者の意見を瞬時に咀嚼し、まとめる技術に長けている。

「……あの、これからどうするんですか？　まさか私の中にいる精霊を殺してしまうなんてこと、しませんよね？」

弟のお陰でようやく全ての事態を呑み込んだらしいアムリットが、おずおずと尋ねてくる。

その口ぶりから、ヒツジグサの精霊に対して過分に同情しているようだ。もともと慈悲深い心の持ち主ではあるが、精神を侵食されたことで、更に精霊寄りの思考になっているに違いない。

「母の身勝手が全ての元凶であって、聖獣にも精霊にも罪はありません。それは私も重々承知しています。タリザードもそれは分かっていたはずです。それでもレディオルを解放しなかったのは、リーザだけでなくヴェンダントの民にも報復される可能性がないとは言い切れなかったから……私も貴女の安全を第一に考えたい。気付いていらっしゃらないようですが、言動が随分と精霊寄りになっていますよ。精神を乗っ取られかけているに違いありません」

「そんなことはっ、……」

咄嗟に言い返してきたアムリットだが、否定の台詞は続かなかった。

己の言動に確固とした自信が持てなくなっているのだろう。輝石のような赤い瞳が動揺に揺れていた。呪禁符を取り払った彼女からは、その感情が手に取るように分かる。

「姉上はお人好しだから、精霊に同情しているだけでしょう。しかし、自分だって何の責任も義理もないのに、巻き込まれていることをお忘れなく。僕は、大事な姉上を精霊なんかに盗られるのはご免ですよ。同情で自ら身体を明け渡すなんて真似、絶対にしないでください」

「……フリッカー」

弟王子の言葉は、彼女の胸に深く刺さったようだ。

皮肉な物言いから誤解されがちだが、彼が常に姉を第一に考えていることは、行動の端々から感じ取れる。

常に飄々としていて何事にも動じないように見えるアムリットが、本当は強がっているだけなのもよく理解しているのだろう。誰かが傷付くくらいなら自ら傷付くことを選ぶ彼女に、しっかりと釘を刺したのだ。

「こんなこと本当は言いたくないんですが、アムリット姫の力は強力な兵器になり得ます。貴女は幼い時分に、一つの村を湖底に沈めている。その力を精霊が利用しないはずがありません。ヴェンダントが海の底に沈めば、一体どれだけの人々が死ぬか……自覚してください」

　フリッカー王子に便乗し、サージも手厳しい言葉を舌に乗せた。

　大きく見開かれた深紅の双眸は、傷付いたように小刻みに揺れている。

　この時ほど、彼女に呪禁符を纏っていてほしいと思ったことはなかった。こうなることは承知していたが、自らの言葉で想い人が傷付く姿を目の当たりにするのは、この上ない苦痛だ。

「あと、アムリット姫は私とは距離を置いた方がいいと思います。ホレストル邸地下の私の心臓石にはレディオルの魂魄が封印されているので、その双子石を持つ私からレディオルの気配を感じ取り、精霊が活性化しているのでしょう。私の側にいると、貴女の精神が不安定になるように感じます」

「なるほど！　今まで聞いたサージ王の話の中で、一番筋が通っていますねっ……行きましょう、姉上！」

　更に続けたサージの言葉に、フリッカー王子が嬉々として飛びつく。

　同意を示してくれたことは有難いものの、言い方に棘があるのは相変わらずだった。

「え、ちょっ……食事がまだ終わってないんだけどっ？」

　そのまま姉の手を引いて部屋から出ていこうとする彼に、アムリットは戸惑っている様子だった。

　まるで助けを求めるようにサージを見たが、それも精霊がさせているのかと思うと、複雑な思いに

駆られる。

フリッカーを後押しするように無言で頷いてみせると、アムリットが再び傷付いた表情を見せたので、サージは後ろ髪を引かれる思いで視線を逸らした。

4

アムリットが宛がわれた寝室に戻ってくると、水浸しだった床や壁は、すっかり元通りになっていた。どうやら使用人達が掃除してくれたらしい。

食事をしながら、サージやダラシアが入れ替わり立ち替わり話していたので、それなりの時間が経っていたようだ。

そのまま部屋に居座ろうとしたフリッカーには、休むからと言って出ていってもらった。今は口煩い彼の相手をする気力がない。

ただ、丸三日間も眠っていたせいで眠気は全くなかった。

シーツが交換された寝台の端に腰を下ろしていると、考えたくないことばかりが頭に浮かんで、アムリットは眉を顰める。

サージが自分を兵器呼ばわりしたことや、自分の中にヒツジグサの精霊の魂の欠片があることが原因ではない。

過去に犯した失態を消すことなどできないことは、身に染みて分かっている。王として国民を守らねばならない立場にある彼が、アムリットの力を危惧するのも当然だと理解できた。

不愉快の原因は至って単純だ。

サージが突然距離を置こうと言い出して、さっさと消えてくれとばかりに彼女から視線を逸らしたこと……それは、アムリットが寝惚けた状態でした告白に対する、彼からの答えであるように感じた。

あの告白をなかったことにしたいのだろうが、アムリット個人の感情までヒツジグサの精霊のせいにされるのは心外だった。精霊の魂魄(こんぱく)の欠片(かけら)がアムリットの中にあろうがなかろうが、自分の感情くらい自分が一番分かっている。

サージは、番(つが)いのような関係にあった精霊と聖獣の魂魄(こんぱく)に、気持ちが引きずられているだけだと言い張った。それならば、レディオルの魂魄(こんぱく)を封じた心臓石の双子石を左手に埋め込んだ彼が、アムリットに恋していないのはおかしい。

大体誘ったのはアムリットでも、口づけてきたのはサージの方だろうに……あれは一体何だったのか今でも分からない。

緩(ゆる)んだ唇の中に彼の舌が入ってきて、悪夢の中でヒツジグサにされたことを思い出した。咄嗟(とっさ)に抵抗したのは、ただの条件反射だったのだ。

アムリットとて、過剰反応だったと反省している。事情を説明して謝罪したかったが、その後は二人きりになる機会がなかった。

あまりに突然だったし、間が悪かったこともあって驚いただけで……決して、サージが嫌だったわけではない。そのことを黙っていたのも、他の人間にはまだ秘密にしておきたかっただけのこと。

全ては自業自得で、恋心を伝えるつもりもなかったけれど、初めての想いをなかったことにされるのは思いの外辛かった。

彼には自分以外に愛する人がいるから仕方がない……そんな言い訳ができなくなってしまったことにも、追い打ちを掛けられた。

サージの積年の想い人である元第一妃ダラシアは、彼の異父姉だった。サージと同じく母親であるリーザに利用され、見捨てられた可哀想な子供……それでも復讐を誓い、運命に立ち向かう強さを持っている。

愛するタリザード王子に裏切られても、一途に彼を想い続け、忘れ形見のタグラムのことも深く愛しているようだ。タグラムには憎いリーザの血も流れているはずなのに、そのことでタグラムを憎んでいる様子は一切ない。

とても敵わないと思った。

ダラシアからは聖女のようだと言われたが、アムリットにしてみれば、彼女の方こそ本物の博愛精神を持った聖女、いや聖母だ。

サージの初恋は血の繋がりという覆しようのない事実によって潰えてしまった。アムリットがフリーダイルに戻れば、ダラシアと復縁の可能性もあるだろうと思っていたが、それはもう永遠に叶わない。そのことが発覚して、彼は酷く落胆しただろう……アムリットを好きだという思い込みから目が覚めるくらいに。

食事の間中、彼は一度もアムリットを真正面から見なかった。

その顔は常にダラシアに向けられていて、呪禁符を脱ぎ捨てた自分のことなんて全く眼中になかったのだ。

こんな想いをするくらいなら、サージを好きだなんて気付かなければよかった。

「ははっ……こんなの全然、あたしらしくない」

わざと乾いた声を上げ、笑い飛ばそうとしても巧くいかない。

今までは人に嫌われることなんて日常茶飯事で、自分のことを誰が何と思っていようと関係なかったのに……次第に目の前が霞んできて、膝に置いた掌の上にポタリと水滴が落ちる。

程なくして、閉じていた瞼をペロリと舐められるような感触があった。

「……えっ？」

咄嗟に目を開けると、至近距離に銀色の物体が見える。

パチパチと瞬きをしているうちに視界がはっきりしてきて、それが細く平らな銀蛇だと分かった。

いつの間にか二の腕から肩口まで移動していたらしい小さな蛇が、二又の舌を出して涙を拭ってくれていたのだ。

「お祖父様(シャッスン)の、えぇーと……名前はスポットだったっけ？」

そう問い掛けると、蛇は返事をするように『シャー』と一鳴きした。

この蛇はイグナシスの魂(たましい)の一部だが、彼と融合(ゆうごう)した雷龍(らいりゅう)の魂魄(こんぱく)の影響で、肉体から離れると同時に独立した自我を持つ。そのため、祖父が個体を区別するべく付けた名前が「スポット」だそうだ。

呪禁符(じゅきんふ)と同じようなものだと言われたが、どうにも慣れないので、滅多なことがない限り勝手に動かないようにしてくれと祖父には頼んでいたのだが。

「もしかして、慰(なぐさ)めてくれてるの？」

アムリットがまさかと思いながら問うと、スポットは再び『シャー』と鳴いた。

銀蛇の思わぬ優しさに、胸の中がフワリと温かくなる。

「……ってか、ちょっと待った！　ここで見聞きしたもの全部、シャッスンにも筒抜けなんじゃないでしょーねっ？」

アムリットは脳裏に浮かんだ疑いを口に出す。

もしもスポットの見聞きしたものが、そのままイグナシスに伝わっていたとしたら洒落(しゃれ)にならない。

祖父と対面してまだ間もないが、それぐらいの芸当は簡単にやってのけそうだ。恥ずかしさのあまり頬が熱を持ってくる。

だが、スポットはフルフルと首を横に振り、『シャー、シャー』と小さく二回鳴いた。

どうやら鳴き声一回が肯定、二回が否定を意味するようだ。

「……ホントに？　ホントに伝わってないのね？」

再度尋ねるアムリットに、スポットは『シャー』と一回だけ鳴いた。

確かにスポットがアムリットから離れたことは一度もなかったし、彼女に隠れてイグナシスと会話をしている様子もなかった。とはいえアムリットに意識がある時の話で、眠っている間のことは分からないが。

「分かった。じゃあ信じるからさっきのこと、シャッスンには……他のみんなには黙っててくれる？　お願いねっ、スポット」

最初は不思議そうに小首を傾げていたスポットだが、アムリットの必死さが伝わったのか『シャー』と一鳴きした後にコクリと頷く。

アムリットはホッと胸を撫で下ろした。

「ありがとう」

感謝の言葉とともに右手で頭を撫でてやると、スポットは気持ちよさそうに目を細める。

最初は少々不気味に思っていたのだが、なかなかどうして可愛らしい……もちろん、これが齢八十近い祖父の魂魄の一部だと考えなければだが。

ささくれ立った心が僅かに解れてきた頃、入り口横の壁をノックする音が耳を衝く。

ハッとしてそちらを見遣ると、入り口に掛けられた御簾の向こうに人影が見えた。

どうやら女性のようだが、エグゼヴィアよりも若干背丈が低い。それに、彼女なら声も掛けずにさっさと入ってくるだろう。

「どなたですか？」

「ダラシアです……よかったですわ、起きてらして。少しだけお話ししたいのですが、入ってもよろしくて？」

何となく予想しながら声を掛けると、予想通りの人物の声が返ってきた。

突然の訪問の理由は見当がつかないが、アムリットはここに匿ってくれていることやその他諸々について、きちんと礼を言っていなかったことを思い出す。

「どうぞ、入ってください」

アムリットは多少の緊張感を覚えつつも、そう返事をした。

御簾の向こうから現れたダラシアは、相変わらず溜め息が出るほど美しい。血の繋がりが半分しかないせいか、サージとは全く似ていない。

「お隣に座っても？」

近付いてくる彼女をぼんやりと見つめていたアムリットに、目の前に立った彼女が尋ねてくる。

「どうぞ、どうぞ」

寝台の埃(ほこり)を払うようにポンポンと掌(てのひら)で叩き、アムリットは自(みずか)らの左隣を勧めた。

ダラシアはその左手を見て、ギョッとしたような表情を浮かべた。アムリットが何事かと首を巡らせれば、銀蛇がダラシアに向かって鎌首をもたげている。

「ちょっと、失礼でしょっ……引っ込んでて！」

威嚇(いかく)するような姿勢を見せた平たい銀蛇を、アムリットは慌てて叱咤(しった)する。

そんな彼女に不満げな視線をチラリと向けながらも、スポットは逆らわず袖の下に潜(もぐ)った。

「……っ、それ……生きているんですの？」

「済みません。シャッス……祖父の魂(たましい)の一部なんですけど、独立した自我があるみたいで。正直言うと私も少しだけ気味が悪かったんですが、呪禁符(じゅきんふ)が必要なくなった今は、助かっている部分の方が大きいです」

すぐには座らず、目を丸くして問うてきたダラシアに、アムリットは説明する。

今まで魔術師ばかりか聖獣使いも間近にいなかった彼女には、生きた蛇を肌の上に這(は)わせている光景なんて、刺激が強過ぎただろう。

「……あのまじない札は、今までずっと身に付けていたのですか？」

「前第四妃と同じで、私も魔導石を持たない魔術師だったということは聞かれましたよね？　あの札は祖母のお手製だったんですが、実際は私の精神力によるところが大きくて……陛下がおっしゃった通り、ヒツジグサの精霊が私の中にいる状態だと、力を暴走させられてヴェンダントを海底に沈めかねないんです。でも聖獣使いである祖父の魂なら、精霊の魂を抑えておけますから」

正確に言うと祖父の魂には雷龍ガングラーズの魂の一部も融合しているのだが、祖父母が禁忌を犯していることまで説明するのは気が引けたので濁してしまった。

神に最も近いと言われる聖獣には、一介の精霊では太刀打ちできないらしい。祖父からそこまでの説明は受けている。

おずおずとアムリットの隣に腰を下ろしたダラシアだが、まだ複雑な面持ちで袖の下に隠れた銀蛇を気にしていた。もともと蛇が苦手なのかもしれない。

アムリットだって背に腹は替えられないので我慢しているが、爬虫類はそんなに得意なわけではない。本物の蛇ではないし、と割り切っているだけだ。

「あの、ダラシア様。家族全員を匿って頂いて、本当に感謝しています……それなのに寝惚けて部屋を水浸しにしてしまって、本当に申し訳ありませんでした。反省しています」

アムリットは当初の目的通り、彼女に感謝と謝罪の言葉を告げる。

どちらが正義かは別として、サージとアムリットによるホレストル邸への襲撃は長老議会に対する宣戦布告と取られてもおかしくない。国家反逆罪にも問われかねない人間を匿うことは、ダラシアにとってかなりの危険を伴うはずだ。

「お気になさらず、アムリット姫。もとを糺せば、巻き込んだのはわたくしなのですから。関係のない貴女をこんな目に遭わせて、謝罪しなければならないのはわたくしの方ですわ。こちらこそ本当に申し訳ありませんでした」

首を横に振ったダラシアは、深々と頭(こうべ)を垂れる。

アムリットはそんな彼女を複雑な想いで見つめていたが、思い切って口を開いた。

「ダラシア様、やっぱり精霊を殺すなんて間違っていると思うんです。レディオルだって陛下の心臓石に封じられただけで、死んだわけではないでしょう？　封印を解いて真摯(しんし)に謝罪すれば、分かってもらえるんじゃないでしょうか……甘い考えかもしれませんが、ずっとヴェンダントの民を見守ってきた守護聖獣なんですよね？　交渉してみる価値はあると思うんです」

今回の事件の一番の被害者は、聖獣レディオルとヒツジグサの精霊なのだ。ダラシアが母親への復讐心に燃えているのと同様に、彼らの怒りも当然のこと。それを危険だからといって排除するなんて、アムリットにはあまりにも横暴に思えた。

「……わたくしは魔導の力に明るくはありません。サージが危険だと判断したのなら、彼に任せるのが賢明ですわ。万が一失敗した場合、もっとも危険なのはヒツジグサの精霊を宿した貴女でしょう？」

「それはそうですが、陛下一人に何もかも押し付けるなんて……納得がいきません」

「貴女は自分の命よりも、サージのことを気に掛けてらっしゃるのね」

なおも食い下がるアムリットを見て、ダラシアは微(かす)かに瞠目(どうもく)し、まるで独り言のように呟いた。

「きっと、とても喜びますわ……サージは貴女のことを愛していますもの」

「まさか、あり得ません！　陛下が愛しているのは、ずっと前から貴女一人です。貴女の言うことなら、陛下もきっと聞き入れてくれるはず……だから、貴女から説得してほしくてっ」

反射的に言い返したアムリットにも、彼女は首を横に振る。

「それはもう昔のことです。サージが今愛しているのはアムリット姫、貴女だけですわ。目を見れば簡単に分かります……貴女達は想い合っているのに、お互いに悟られないよう隠すのに必死で、気付いていてらっしゃらないのよ」

そうきっぱりと言ったダラシアは、アムリットが膝の上で握り込んだ手の上に、褐色の手を優しく重ねてくる。

「愛する人が生きているということは、それだけで素晴らしいことですわ。いつでもやり直しがきくのですから、すれ違ったままだなんて勿体ない……貴女達まで、リーザのせいで引き裂かれる必要はありません。意地を張るのはおやめになって」

更に告げられた言葉に、アムリットはそれ以上の言葉を失った。サージが自分を愛していると信じることにはまだ抵抗があるが、愛する人を理不尽に奪われた彼女の言葉には胸を打つものがあった。

「わたくしもできることなら、ヒツジグサの精霊にレディオルを返してあげたい……母に代わってその罪を贖いたいくらいです。けれど、それだけで精霊の怒りが収まるとは思えないのです。諸悪の根源である母が何の罰も受けずにいる限り、心の安らぎは永遠に訪れません」

ダラシアの言葉には、ヒツジグサの精霊と同じ立場ゆえの説得力がある。

「ですが、ヒツジグサの精霊がその手でリーザに引導を渡すことができれば……怒りは鎮火するのではないかしら？」

囁くようなその声音は、アムリットの耳にズシリと重たく響いた。

5

「このままでは、ヴェンダントの民が根絶やしにされてしまいます。一億近くもいる罪なき人々が……あの女は、犯した罪を償うべきですわ」

自分を見つめるダラシアの美しい顔は、少しの冗談も含んでいなかった。

当初は囁くようだった声音も、熱の籠った断罪の言葉を力強く紡ぐ。

「……あの、でも法の裁きは」

「法の裁きですって？　死罪を免れたのはタグラムがいたからに過ぎませんわ。他の王族がことごとく亡くなっていなければ、即座に死罪となっていたはずです。王太子の実母であることを盾に、リーザが不当に罰を逃れているせいで、ヒツジグサの精霊の怒りはいつになっても治まらないのです」

咄嗟にアムリットの口から出た言葉は、ダラシアに切って捨てられた。

これだけの苦境に陥りながら、随分と冷静であるように見えていた彼女だが、その心は十分に余裕をなくしていたようだ。

グイグイと至近距離まで迫ってこられ、アムリットは反射的に仰け反る。

膝の上に置いていた手は、いつの間にかダラシアの胸に引き寄せるように掴まれていた。

至近距離からアムリットを射抜く濃い緑色の双眸も、まるでこちらの理性を絡め取ろうとするかのような危うい光を宿している。

じっと見つめていると頭がクラクラして、掌に嫌な汗が湧いてきた。

「あっ、あの、第三者の私には何の決定権もありませんから、まず陛下に相談をっ……」

「必要ありませんわ、ヒツジグサの精霊はアムリット姫の中にいるのですから……貴女が正義の鉄槌を下せばいいだけの話です」

どうにか落ち着かせようとしても、ダラシアはあからさまに母親殺しを唆してくる。

あり得ない。何だかおかしい。

彼女は一体何の目的があってアムリットのもとを訪れ、こんな過激な発言をしてくるのだろうか？

「ごめんなさいっ……！」

どうにも耐えられなくなったアムリットは、彼女の手を強引に振り解いて立ち上がる。

そのままダラシアに背を向けて、部屋から出ていこうとした。

「……痛っ！」

しかし、軸足の膝裏に鋭い衝撃を受けて、顔面から派手に転んでしまう。

「……どうし、……ぐっ！」

強かに打った鼻を擦りながら置き上がろうとしたが、今度は背中に鋭い衝撃が走る。

肺から空気を無理矢理押し出されたような呻き声が漏れた。足に体重を掛けて踏みつけられているらしく、細い踵が肩甲骨のすぐ下にめり込んでいるのが分かる。

「許しませんわ」

怒りに燃える声が頭上から降り注いだが、衝撃からすぐに立ち直ることも、満足に振り返ることもできなかった。

それでも何とか首を捩じり、アムリットは片目で背後を窺う。

すると、ダラシアが巻きスカートのようなペティコートを翻し、アムリットの背中を踏みつけていた。膝裏を蹴飛ばしてきたのもその足だろう。実に見事な脚力だった。

このような状況でなければ、非常に魅惑的な光景だ。だがしかし、アムリットの目は肉感的な足を素通りし、ダラシアの顔に釘付けになる。まるで精巧に作られた人形のように、彼女の美しい顔からは感情が抜け落ちていた。

『シャーっ！』

得体の知れない危機感と踏みつけられている圧迫感から、胸を圧し潰されそうなアムリットの耳に、聞き覚えのある鳴き声が突き刺さった。

同時に、左腕の袖の下から銀色に輝く蛇が勢いよく飛び出してくる。

「ぎゃっ……！」

短い叫び声が上がって、背中を踏みつける足の力が一瞬緩んだ。

その隙にアムリットは身体を捩じって足を振り払い、転がるようにしてダラシアから距離を取る。

部屋の入り口を背にし、逃げ口を確保した上で振り返ると……

「スポットっ……？」

彼の銀蛇が尻もちをついたダラシアの足を、その細長い胴体で締め上げ、ふくらはぎにガブリと噛み付いていていたのだ。

「ぎーーーーーーーーーーーーっ！」

半ば呆気に取られながら見つめるアムリットの前で、ダラシアは人とは思えない甲高い叫び声を上げる。

程なくしてグルンと白目を剥いた彼女は、そのまま後ろに倒れ込んだ。スポットはまだその足に噛み付いたままだ。

「スポットっ！　もういいから……！」

心配になって呼び掛けると、銀蛇はようやくふくらはぎに食い込ませていた牙を抜いた。

ガッチリと噛み付いているように見えたのに、どういう理屈なのか噛み付いていた場所には、歯型一つ残っていなかった。

それでも上向けに倒れた褐色（かっしょく）の肢体は、ぐったりしたまま一向に動かない。

「スポット、あんた……毒なんて持ってないでしょうねっ？」

もしや銀蛇の牙には毒があって、そのせいで事切れてしまったのではないか？

不安になって裏返った声で叫ぶと、『シャー』の一鳴きが返ってくる。肯定の返事を聞いて一安心するが、ピクリともしないダラシアのことが気に掛かった。

先に襲ってきたのはダラシアの方で、銀蛇のしたことは紛（まぎ）れもなく正当防衛だ。

けれど、ダラシアが別人のように変貌したことが引っ掛かる。常軌を逸（いっ）した暗い双眸（そうぼう）は、まるで何者かに操（あやつ）られているかのようだった。

それにあの脚力……か弱い女性のものとは到底思えない。さすがに骨までは折れていないと思うが、呼吸をする度に肩甲骨の辺りがズキズキと痛んだ。

床の上を蛇行して戻ってきたスポットが左手に擦り寄ってくるが、考え込んでいたアムリットは無意識に振り払ってしまった。ハッと我に返ると、スポットは小首を傾げてこちらを見上げている。

悪気はないと示すように逆三角形の頭をひと撫でした後、アムリットは四（よ）つん這（ば）いの体勢で、恐る恐るダラシアに近付いていった。

注意深く覗き込んだ顔は白目を剥いており、口からは泡を吹いている。

どう見ても尋常な状態ではない。

「……やばっ、スポット！　すぐにバッチャとシャッスン呼んできて！」

アムリットは即座に傍らのスポットへ指示を飛ばし、ぐったりとしているダラシアの肩に手を掛けた。

「早くっ、急いで！」

銀蛇は側を離れることを躊躇うような素振りを見せたが、アムリットが急き立てると、部屋の入り口へと這っていく。

御簾の隙間を擦り抜けていくその姿を見届けてから、アムリットは腕の中のダラシアに向き直った。とにかく寝台に運ぼうと思い、彼女の上半身を持ち上げると……

「かはっ……！」

それまでピクリとも動かなかったダラシアが、不意に息を吹き返したように咳き込んだ。

「げほっ、ごっ……！　……わたくし、どうしてっ……？」

前のめりになって床に手をつき、そのまま激しく咳き込み始める。自分の身体に何が起こったのか分かっていない様子だった。

まるで憑き物が落ちたようで、意識を失う直前に見せた禍々しさも感じられない。

「大丈夫ですかっ？」

荒い息を吐き、丸まって震える彼女の背中を擦る。

その時、二人の間でカツンと硬い音を立てて、何かが床の上を転がった。アムリットの膝にぶつかって止まったそれに目をやると、楕円形の茶色い物体が落ちていた。

不自然に濡れ光るそれは、ダラシアが吐き出したものだろうか？

直感的にそう思ったアムリットは、それに向かって手を伸ばす。しかし、その手で物体を摘まみ上げる前に、鋭い音とともにそれが弾けた。

ドングリのような硬い殻を割って、猛烈な勢いで伸び広がる緑の枝葉……それに視界を奪われる中、例の声が頭の中に木霊する。


『憎い』

＊　＊　＊

アムリットが寝室に下がって幾許もしないうちに、サージ達がいる広間に平らな銀蛇が姿を現した。

呪禁符に代わって彼女を守っていたはずのそれに、イグナシスは即座に問い掛ける。

「おい、スポット！　どうしてアーちゃんから離れた……一体何があった？」

手首に巻き付いてくる銀蛇に問い掛けた彼の姿は、サージに既視感（きしかん）を抱かせた。あの時、自分はまだ病床（びょうしょう）にあり、蛇もイグナシスのというよりエグゼヴィアからの使いだったのだが……それにしても、自（みずか）らの魂魄（こんぱく）に個別の名前を付けているとは驚きだ。

「何だとっ？」

然（さ）して遠くもない過去を思い出していると、イグナシスが声を荒らげた。

「どうしたってのさ、大きな声を出して」

「よく分からんのだが、アーちゃんの部屋で元第一妃が死にかけてるんだとっ……行くぞ！　嫌な予感がする」

突然鋭い声を発したイグナシスにエグゼヴィアが尋ねると、彼はそれだけ言って入り口の御簾（みす）を跳ね上げ、出ていってしまう。

「待ってください、私も行きますっ！」

彼を追って出ていくエグゼヴィアの後に、サージも慌てて続く。

「姉上に何かあったら承知しませんからね！」

廊下に出ると、後ろからヒル王子の忌々（いまいま）しげな声が飛んできた。

程なくして隣に並んだ彼は、サージを射殺さんばかりに睨（にら）みつけてくる。

「姉上はヒツジグサの精霊に乗っ取られかけて非常に危険な状態なのに、呪禁符（じゅきんふ）代わりの蛇をここに差し向けたんです。貴方の異父姉が、寝ているはずの姉上のところに押し掛けた上、何らかの過失によって無駄に死にかけたせいでっ……！」

正論をぶつけてくる彼に、サージは何も言い返せなかった。

一体ダラシアは何の目的があって、自分達に黙ってアムリットを訪ねたのだろう？

姉姫を寝室に送ったフリッカー王子が戻るのと入れ替わりで席を外した彼女は、確か使用人に呼ばれたと言って出ていったはずだ。その様子に何ら不自然なところはなかったのに。

距離を置こうなどと、アムリットに言わなければよかったのかもしれない。

愚にもつかない後悔が今更サージの胸を満たす。

アムリットの中にあるヒツジグサの精霊の魂魄の欠片が、サージの左手の甲に埋め込んだ心臓石を通して聖獣レディオルの存在を感知している。その仮説に自信はあるが、自らの心情がほんの一握りも絡んでいないとは言い切れない。

決別すると自らに言い聞かせたはずの彼女への恋情が、再燃してしまうことを恐れたのだ。

『シャーーーーーッ！』

悶々と考え込んでいると、イグナシスとともに寝室に入った銀蛇の鋭い鳴き声が上がった。

「姉上っ？」

血相を変えたフリッカー王子がサージを突き飛ばし、部屋へと駆け込む。

続いてサージも入り口に掛かった御簾を潜るが、何故かそこで立ち止まっていた王子の小さな身体にぶつかってしまう。

「なっ……」

フリッカーに謝罪を告げる前に、凄惨な有り様を目の当たりにしたサージは言葉を失った。

魔導石カギンを練り込んである御簾のせいで、一切の物音が外に漏れなかったのだろうが、それにしても酷い。

部屋の中はどこもかしこも水浸しで、寝台を始めとする調度品がひっくり返って散乱していた。絨毯がめくれ上がった床もあちこちが抉れ、深々とした穴が空いている。まるでこの部屋の中だけで激しい嵐が起こったかのようだ。

一際大きく抉れた穴の前で、イグナシスとエグゼヴィアがしゃがみ込んでいた。穴の中を覗き込んでいる二人から少し離れたところで、ダラシアが剥き出しの石畳の上に倒れ伏している。

暴風雨に晒されたように濡れそぼった彼女の身体には、水を吸って色濃くなったチャルタと乱れた髪の毛が貼り付いていた。

まるで溺死体のようだ。

「姉上っ……！」

「入らないでっ、この部屋の中は毒が蔓延しています！」

咄嗟に駆け寄ろうとしたサージを、目の前に立っていたフリッカー王子が制止する。

「毒っ……？」

驚いてヒュッと息を呑んだサージは、微かに喉の奥がチリチリと痛むのを感じ、長衣の袖口で鼻と口を覆った。

その直後、部屋の中の空気が異様に冷え切っていることにも気付く。この感覚には覚えがある、それもごく最近だ。

「そのままでいてください、今お祖父様がスポットに中和させていますから。あまり深く息を吸い込まないように。空気中にも毒素が気化しています……あ、僕は大丈夫ですよ。大抵の毒には耐性がありますから」

言葉を続けたフリッカー王子の表情はいつになく真剣で、決して冗談を言っているようには見えなかった。

「……そんな、ダラシアっ……姉上は！」

「死んじゃいない。体内の種も毒も吐かせたし、念のため例の丸薬も呑ませた……毒を洗い落とした消毒液で濡れてるだけだ。部屋の浄化が終わるまではそのままの方が安全だ」

布越しのくぐもった声で尋ねたサージに、穴から顔を上げたイグナシスが答える。

異父姉が無事であることにはホッとしたものの、種という言葉が気に掛かった。

『シャー！』

サージが訝しんでいると、銀蛇が鋭い一鳴きとともに穴から這い出してくる。

「もう入っても大丈夫ですよ、サージ王」

スポットがイグナシスの手に戻るのを確認した後、エグゼヴィアが立ち上がりながら言った。

「ヒツジグサなんですが、発芽する前の硬い殻に覆われた種子には毒性がないようですよ……宿主に死なれちゃ困りますからね。どこで拾ってきたかは知らないが、元第一妃は随分前から種を植え付けられていたみたいで……アム様と同じですよ」

銀色の双眸を細めて驚くべきことを告げた後、彼女はスポットが出てきた穴に手を差し入れる。

そのまま何かを掴んで、ズルズルと引きずり出した。

「それは、まさかっ……貴女は姉上まで精霊に操られていたと言うのですかっ？」

「その通りですよ。見てごらんなさい」

そう言って彼女が高く掲げたのは、確かに水草の茎に見える。

ところどころに緑色の丸い葉と蕾らしき塊が付いたそれは、穴から引きずり出した部分だけでもかなりの長さだ。その先は途切れておらず、地中深くに潜っているようだった。

「アムリット、姫はっ……？」

人一人は優に入れる大きさの穴だ。もしや地中に潜って、毒化したファーランドに向かったのではなかろうか……最悪な事態がサージの頭を過り、血の気が引いていく。

「ファーランドに行くのは恐らく最後だろう。復讐か救出か……どっちが先かはまだ分からん。まあ、結界のことを考えれば先に地下牢の方へ行くとは思うが、何か感じるか？」

イグナシスの言葉を受けて、サージは左手に意識を集中させてみる。

ホレストル邸地下の土蔵を離れる前に、タリザードが張った結界の上にエグゼヴィアと協力して更に結界を張った。封じられた心臓石に何かあれば、真っ先にサージに異変が伝わるはずだ。

けれど、その所在が変わった様子もなければ、何の予兆も感じられず、彼は首を横に振る。

「纏(まと)まって行動して後手に回るより、二手に別れるのがいいだろう……俺はレディオルの方を引き受ける。結界を強化しておきたいから、お前も来い。兄貴の尻拭(しりぬぐ)いをするんだ」

「兄はヴェンダントのために命を落としたのですよっ……！」

イグナシスの言い草にカッとなったサージは、咄嗟(とっさ)に怒声を上げた。

確かに異母兄タリザードは母リーザと姦通(かんつう)し、聖獣レディオルの魂魄(こんぱく)を奪う手助けをしてしまったかもしれない。

それでも、そのことを悔いて十分な償(つぐな)いはしたはずだ。死者の尊厳を踏みにじるようなことを言ってほしくはなかった。

「二人に宿った精霊の気配を見逃した俺だ、あまり偉そうなことは言えないがな……人に噛み付く前に、利用されていることを自覚しろ。お前がそんな馬鹿が付くくらいのお人好しだから、アーちゃんまで巻き込まれて何度も死にかけたんだ……この上、あの子の手まで汚させる気か」

そう切り返された言葉に、反論できなくなってしまった。

ダラシアが自分を呼び戻すように長老議会へ進言したのも、今思えばヒツジグサの精霊に誘導されたからではないだろうか？

彼女はタリザードの遺言を実行しているつもりでも、実は聖獣レディオルの宿った心臓石を封印した異母兄自身が、精霊の種の最初の宿主だったのかもしれない。ファーランドに足を踏み入れたこともないダラシアと精霊の接点は、タリザード以外に考えられなかった。

正式な聖獣使いでない彼にはただ一度の儀式すら荷が重く、魔導石に封印したレディオルを解放する力はなかったのだろう。

ゆえにタリザードの臨終に立ち会ったダラシアが新たな宿主に選ばれた。精霊は彼女を通じて魔導石の正当な持ち主であるサージを呼び戻し、封印を解かせようとしたに違いない。

自分は見えない糸で操られていたのだ。その糸はイグナシスの言った通り、恐らくアムリットにまで絡み付いている。

彼女をフリーダイルから招聘した陰にも、ヒツジグサの精霊がいたのだ。

水不足を解消するために、水呪の力を利用する。今思えば、魔導の力を過度に厭うホレストルら長老議会が考えたにしては、あまりにも突飛な解決案だった。

「アタシは地下牢だね……殿下もいらしてください、弟君の言葉なら耳に届くかもしれません。一緒にアム様を止めましょう」

「確かに姉上は肉親の情に篤いですからね、止められるとしたら僕くらいでしょう」

エグゼヴィアの言葉に、フリッカー王子が納得した様子で首肯(しゅこう)する。

そして、押し黙って佇立(ちょりつ)するサージへと向き直った。

「ボケッとしてないでキリキリ働いてくださいよ。貴方は口では償(つぐな)う償(つぐな)うと言いますが、今のところ姉上を傷付けることしかしていません。それだけでも万死に値するのに……あの優しい人の手を汚させたら、今度こそ絶対に許しませんから」

「……肝に銘(めい)じます」

鋭い視線とともに投げつけられた言葉を、サージは重々しく受け止めた。

フリッカーの怒りはもっともなものだ。身勝手な恋情に囚われていた自分は、愛している女性のことではなく、自分のことしか考えていなかった。

あの優し過ぎる姫の手を、他者の血で染めることだけは避けなければならない。

「頼んだぞ、フーちゃん。……おら、さっさと行くぞ!」

「待ってください……!」

哀れを誘う異父姉の姿に後ろ髪を引かれながらも、サージは足早に部屋を出ていくイグナシスの背を追いかけた。

6

アムリットは薄暗い穴の中へ、傍らを走るヒツジグサの地下茎を先導するように潜っていた。凍り付いた地下氷河を砕き、水流に乗って……周囲は毒素を排除した清廉な空気の膜で覆われていて、息は苦しくない。

呪禁符もなければスポットもいないのに、それこそ息を吸うよりも簡単に水を操れている。そうは言っても、自分の意思ではないけれど。

今のアムリットは、第三者によって意図的に生かされているのだ。

憎い。

憎い。

憎い。

胸の中は激しい憤りで溢れ、今にも破裂しそうだった。

後から後から湧き出てくる、薄汚い人間達に対する憎悪の念に、涙が止まらない。

唯一無二にして最愛の存在を奪われたのだ。彼がいれば他には誰もいらなかったのに。愛しい聖獣……レディオル。

今のアムリットを支配している精霊は、初めて地上に定着した天上界の植物……ヒツジグサを寄り坐しとして生み出された。だが天上界の清廉な大気ではなく、地上の大気によって育まれたためか、ただ生きているだけで近付く者全てを根絶やしにする猛毒を持っていた。

そのために、精霊は名を与えられず、神々や同じ眷属達からも厭われるようになる。

彼らが地上を去る際、ともに天上界へ戻ることも許されなかった精霊に残されたのは、堪えようのない孤独のみ……苦痛を紛らわすために、ある泉の底に潜り、眠りについた。それから幾千もの年月の間、長く伸びた地下茎によって、水脈は毒に侵され続けていた。

生命を育めなくなった地下水脈で結ばれた、広大な土地。緑はことごとく枯れ果て、不毛な砂漠地帯となって、全ての生き物が去ったのだ。

それゆえに、強い浄化の力を持つ聖獣レディオルがこの地に移り住んできたことで、精霊はどれだけ心を救われただろうか。ヴェンダント人達とともに陸に上がったレディオルは、精霊の毒を浄化し、命ある者は誰も近付かなかった住み処を聖なる泉に変えてくれた。

その毒性の強さゆえに咲かせるのを躊躇っていた花も自由に咲かせることができて、初めて自分という存在を許された気がした。誰からも忌み嫌われることなく、他者と共存することで、精霊は心から満たされたのだ。

同じ孤独を知るアムリットには、我が身を怒りで支配し、駆り立てる精霊の苦痛がよく分かる。この世に生まれ落ちて以来、長く続いた理不尽な差別の末にようやく得た安住の地。そして、永久を生きる唯一無二の連れ合い……それらを一瞬にして奪われたのだ。

レディオルが生きる道を与え、慈しんできたはずの人間に。その身に宿した我が子の命さえ、永遠の命を得るためには平気で利用するような浅ましい人間に。

あの時、ダラシアが吐き出した種が芽吹くのと同じ速度で、切れ切れに、それでも目まぐるしい勢いで精霊の記憶が迸った。胸を締め付ける激情に翻弄され、それを心から否定できないアムリットは、その支配から抜け出せないのだ。

それでいて身体の感覚は酷く鋭敏で、いつになく力が漲っている。

いまだかつて、これほど自在に水を操れたことはなかった。ヒツジグサの精霊はアムリット以上にアムリットの能力を発揮できるようだ。

この力を使って、精霊がしようとしていることを阻止しなければならない。何としても、抗わなければならない。

それはアムリットがもっとも恐れている破壊行為に他ならないから。この国ヴェンダントを、海底に沈めることだけは避けたかった。

今の自分にできることはただ一つ。

たとえヒツジグサの精霊を止められなくても、せめて冥途の道連れにするのだ。

＊＊＊

サージとイグナシスがホレストル邸に到着した時には、既に目に見えた変化が現れていた。

獣の咆哮のような音を立てて、砂に塗れた大地が揺れている。風紋の美しかった庭は無残に掘り起こされ、大木の枝のように野太い水草の茎が無数に突き出していた。触手さながらに絡み合い、後から後から這い出してくるそれは、緑の天蓋のように屋敷を覆い尽くそうとしていた。

まさに地獄絵図だ。

ヒツジグサの隙間を掻い潜って、着の身着のままの人々が逃げ惑っている。鎧を着た者もいれば、下働きのお仕着せを着た者もいる。精鋭で鳴らしたホレストルの私兵も、それなりに武芸の嗜みがあるという使用人達も、得体の知れない脅威の前では何の役にも立たないようだ。

誰も彼も逃げることに必死で、サージ達の存在に気付いていない。

「ホレストルはどこだっ？」

「し、知らないっ……私は、何もっ……！」

何人かを捕まえて問うが、皆一様に取り乱していて話にならなかった。

最早主を気にする余裕さえなくなっているようで、屋敷を振り返ることもせず走り去ってしまう。

その時、不意に走った激しい縦揺れに、サージはたたらを踏んだ。屋敷の周囲にまだ僅かに残っていた人々が、蜘蛛の子を散らすようにいなくなる。

「……ちっ、こっちが先か……俺は孫の能力を過小評価していたようだな」

傍らで虚空を見上げていたイグナシスが、唸るように吐き捨てた。

バチバチと炎が爆ぜるような音が耳を衝き、サージもそちらを見ると、何もない空間に巨大な亀裂が走っていた。

「馬鹿なっ、我々の結界が……！」

「急ごしらえの代物だ、仕方がない。お前の兄貴の結界もどこまで持つか……相手はアーちゃん一人じゃない。あの子は今まで暴走を恐れて無意識に力を抑えていたが、精霊は躊躇なく全力で来るぞ」

話している間にも亀裂は広がり、まるで空が裂けていくようだった。

サージ達が力を尽くして強化したはずの結界を食い荒らすヒツジグサは、茎を伸ばすだけでは飽き足らなかった。結界の残滓が火の粉のように舞う中、真っ白な花が次々と開花する。不吉だが実に美しい。

まるで王冠のような形をしたその花は、細かな花粉を宙に飛ばし始めた。

「ヤバいな……行ってこい！」

稲妻の狭間を突いて伸びる茎に向けて、イグナシスが右手を突き出す。

すると、彼の魂魄の化身でもある銀色の蛇が飛び出した。

金色の亀裂に群がるヒツジグサに、空を這って銀の大蛇が襲い掛かる。それが野太い茎に巻き付き、口を大きく開いて牙を突き立てると、真っ白な花弁が火花のように散っていった。

「……貴方にはヒツジグサの毒は効かないのですか？」

予想もしなかった光景を前に目を剥いたサージは、イグナシスに問い掛ける。

「今更何を驚いてる。雷龍の雷には浄化作用があると、講義してやったことがあるだろう。雷龍自体、神が落とした雷から生まれてるんだ。その魂魄を宿してる俺に、毒が効くわけないだろーが……喜ばしいことに、フーちゃんにも遺伝したようだ」

彼がエグゼヴィアの心臓石を媒介にして、雷龍の魂を取り込んだことはサラリと説明されていた。だが、いざその恩恵を目の当たりにすると、サージは言葉も出ない。

フリッカー王子の体質も訓練した結果ではなく、遺伝による特性だったとは……容姿こそ父王譲りの彼だが、その体質は祖父の血を色濃く受け継いでいるようだ。

「しかし、無闇に攻撃するとアムリット姫の身が危険では……っ、……あれ、彼女の気配がない？」

ヒツジグサは銀蛇の牙から逃れようと、まるで生き物のように身をくねらせている。それを見上げながらアムリットの気配を探っていたサージは、それがないことに気付いて声を上げた。

聖獣レディオルが封じられた魔導石の在処をヒツジグサに伝えた後は用済みと見なされ、既に始末されたのでは……最悪の事態が脳裏に浮かび、サージの心が凍り付く。

「何だと……ん？　そうか、これは目眩ましか。多分、表で派手にやってる間に中に入ったんだな……お前、行って探してこい」

「えっ……？」

　イグナシスが次に発した言葉に驚き、サージは虚空から彼へと目を移す。

「毒を撒き散らしてるヒツジグサを放っとくわけにはいかんだろーが。毒の浄化はお前にはできんしな、こっちは引き受けとくから早く行けっ……あの子の意識を呼び戻すんだ」

「私に、そんなことがっ……」

「泣き言は聞かん！　フーちゃんの警告を肝に銘じたんだろう、ここでアーちゃんを助けなくて、いつ借りを返す気だっ！」

　咄嗟に口から出た弱音を、イグナシスが一刀両断する。

　全くもってその通りだった。

　救うと心に決めた相手を、今救えなくてどうする。

「分かりました、この場はお任せします！」

　決意を新たにしたサージは、それだけ言うと急いで踵を返した。

　乱立するヒツジグサの茎を避けながら、結界の裂け目を通って屋敷の中へと入っていく。

「さて、久々に俺も本気を出すか……。しっかし、アーちゃんはあんな世話の焼ける野郎のどこが良いんだ」

忌々しげな舌打ちとともに吐き捨てたイグナシスは、その背に巨大な白翼を広げて砂地を蹴った。

7

アムリットは、地上の喧騒とは無縁の静かな場所にいた。

砂地に膝をつき、乾いた砂に両手を沈めると、鼓動のような波動を感じる。掌が熱くなり、全身を支配していた刺々しい憎悪の隙間から、じわじわと歓喜の感情が湧き出していた。

水底から水面に浮上し、ようやく息継ぎができたような感じだ。アムリットはヒツジグサの精霊が、どんなに聖獣レディオルを愛していたかを思い知る。

愛する聖獣を解放し、精霊に返してやりたい。

けれど、ヒツジグサの精霊はレディオルの封印を解いた後、リーザを血祭りに上げようと考えている。

情け深い聖獣は、どんな思いで封印されていたのだろうか……慈しみ、見守ってきた民に裏切られ、ヒツジグサの精霊同様に怒り狂って、この地を海底に沈めるやもしれない。

愛した分だけ悲しみも深いだろう。

憎悪はヴェンダント人だけに止まらず、人類全体へと波及し、彼らが殺戮の限りを尽くす可能性もあるのだ。

そんなことは、絶対にさせるわけにはいかない。

精霊の支配が緩んだ今のうちに……

「見つけたぞ、曲者っ……！」

唐突に聞き覚えのある声がした。アムリットはハッとして背後を振り返る。

抜き身の大剣を手にし、鬼のような形相でこちらに迫ってくるのは、長老ホレストルだった。

「地上の面妖な有様は貴様の仕業か！　人の姿をした化け物めがっ！」

ヒツジグサの襲撃に驚いた家人達が我先に逃げ出していく中、彼は正体不明な怪物の正体を暴き、撃退しようと一人残っていたらしい。

だがしかし、ヒツジグサの役目は結界を破り、アムリットが侵入している間の囮になることだ。物理的に攻撃されなければ、敢えて反撃はしないようにしていた。

人間性はどうあれ、ホレストルの勇気は称賛に値する。歴戦の勇者という肩書は伊達ではなかったようだ。

血走った眼で剣を振り上げ、突進してくる彼は、呪禁符を身に付けていないアムリットの正体に気付いていなかった……彼女の中にいる精霊が如何に危険な存在であるかにも。

逃げて……！

アムリットはそう口にしたつもりだった。

けれど、実際に口から出てきたのは、嘲笑交じりの挑発だった。

『この私を斬ろうというのか？　……お前のような老いぼれが』

「侮るなっ、老いても敵に背中を見せるような臆病者ではないわ！　その首、叩っ切ってくれるっ……！」

激昂していたホレストルは更に焚きつけられ、雄叫びのような台詞とともに剣を振り下ろす。

しかし、その刃はアムリットの脳天の手前でピタリと止まった。彼は大剣を握る両腕に筋を浮かせ、顔を真っ赤にして剣を進めようとするも、今一歩届かない。

それどころか、ジリジリと刃が後退していく。

『斬るのではなかったのか？　こんな小娘一人殺すことができないとは、大した戦士がいたものだな』

侮蔑の言葉とともに、アムリットの意思に反して口角が上がる。

「なっ、……ぎぃっ！」

血気盛んに吠えていたホレストルの声が、苦痛で甲高く掠れた。

彼の手足には、何本もの野太い地下茎が巻き付いている。振り下ろした刃をアムリットの顔面スレスレで受け止めたのもそれだった。

鋭い刃をギリギリと締め上げる茎は信じられないほどに丈夫で、程なくして大剣を真っ二つにへし折ってしまう。

『お前のような愚かな人間の足元に封じていたなど、レディオルへの侮辱も甚だしいっ……』

四肢を縛り上げられ、無様にもがくホレストルを前に、精霊がアムリットの口を借りて吐き捨てる。

これ以上の行為をやめさせようと、アムリットの意識も必死にもがいていた。どうせなら、完全に意識を閉ざしてくれればいいのに……精霊の一挙手一投足が五感を通して伝わってくる。

「レディオ……？　うぐっ！」

『下衆なお前が口にしてよい名ではないわ！』

ホレストルが聖獣の名を復唱し掛けると、激昂した声とともに新たな茎が彼の喉を締め上げた。

赤かった顔は見る間にどす黒くなり、空気を求めてハクハクと唇が開閉する。

これ以上続けば、首の骨が折れてしまうかもしれない。見ているこちらの方が息苦しくなってくる。

『ふふふふっ、私の毒にもがき苦しむ様を見るのもいい……だが、お前はこの首を刎ねると言った。この首に代わって、お前の首をその剣のようにへし折ってやろう』

アムリットが危惧したことを、ヒツジグサの精霊は高笑いとともに宣言した。

嫌だ！

そんなことはやめてっ……！

心の中で叫んでいるのに、精霊は愉快そうに笑うばかりで聞き入れようとしない。

「がはっ……！」

そうしているうちにも、ホレストルの口からは唾液が溢れ出し、血走った目からも光が奪われていく。必死にもがいていた四肢からも力が抜け、茎に引きずられるだけになる。限りなく限界に近い。

嫌だ。

絶対に嫌だ。

差別の塊のような憎たらしい相手だし、不幸を願ったこともあるけれど、絶対に殺したりなんてしたくない。


『折れろっ……！』

やめてっ……！


二つの叫びが重なった瞬間、硬いものが砕ける嫌な音が辺りに響き渡り、ホレストルの身体がどさりと砂地に落ちた。

仰向けに倒れたその身体は、ピクリとも動かない。

自分は人の命を奪ってしまった。あれだけもがいていたのに、精霊の力に抗（あらが）えず……直接手を下したのはヒツジグサだったとしても、目の前で失われていく命を何もできずに見ていたことには変わりない。

頬に濡れた感触がして、自分が泣いていることに気付く。

今の自分に唯一できるのは、何の役にも立たない涙を流すことだけだ。

『……何故？』

取り返しのつかない罪を犯し、絶望するアムリットの耳に、ヒツジグサの精霊の声が届く。

小さなその囁(ささや)きは、驚きと疑問を纏(まと)っていた。

「……っ、……かはっ、げほぉ……！」

その直後、既に死んでいると思われたホレストルが息を吹き返した。

ヒューヒューと喉(のど)を鳴らし、咳(せ)き込む度に、老いてなお逞(たくま)しい胸筋が隆起(りゅうき)している。目は閉じられ、依然として意識はないままだが、とにかく彼は生きているのだ。

精霊が首をへし折ると言ったのは、ただの脅しだったのだろうか？

いや、精霊は目の前の光景に驚いている。

自(みずか)らの意思に反して、ホレストルが生きているからだろう。

一体どうして……アムリットに精霊の行動を阻止したという実感はなかった。

「その人の手を血で染めるわけにはいかない」

ここにはいないはずの人の声が耳を衝き、アムリットはホレストルに落としていた視線を上げる。

「陛下っ……！」

咄嗟に口を衝いて出た声は、アムリットのものだった。

涙で滲んだ視界に徐々に浮かび上がる姿に、自然と湧き上がってきた喜びを慌てて打ち消す。ホレストルにしたのと同じように、彼を傷付けたくはない。

『ヴェンダント国王サージ・ケイラー・メヌーク三世、前第四妃リーザ・シィンの息子……遅かったではないか』

逃げてください、陛下！

なおも言葉を紡ごうとしたが、その舌に乗せられた声は精霊のそれだった。

一度だけ自分の声を発することができたのは、思わぬ邪魔が入ったことで、精霊が動揺して支配力が弱まったせいだろう。

サージがこのまま精霊を動揺させ続けてくれれば、精霊が彼に気を取られているうちに主導権を取り戻せるかもしれない。

問題はその事実をどうやってサージに伝えるかなのだが……今、アムリットが自由にできるのは涙だけだ。そして、それも彼が現れたことへの驚きで止まってしまった。

何か他に泣けそうなことはないだろうか？

例えば……ダラシアは今どうしているだろう。銀蛇のスポットに祖父母を呼んでもらったから、きっと彼女は一命を取り留めているはずだ。

意識が戻ったなら、事情をどう説明しただろう。精霊に操られた彼女は、都合の良いように吹聴したかもしれない。アムリットが自らを殺そうとしたとか、二人の母であるリーザを殺しに行ったとか、サージの心臓石を奪おうとしているとか。

彼は失望しただろうか？

そう思うと胸がズキリと痛み、自然と涙が湧いてきた。さっき驚いた拍子に止まっていた涙が、再び頬を流れる。そんな自分を見て、サージが痛ましげに眉を顰めた。

「アムリット姫、今から貴女を解放します。サージが辛い思いをさせて申し訳ありませんでした」

悔恨の念に塗れた声音が、そう告げてくる。

違う、そうではなくて……アムリットは彼の言葉にもどかしくなる。

サージを責めたくて泣いているわけではないのだ。

涙を流すことには成功したが、その意味をどうやって伝えるべきか、すぐには思い浮かばなかった。完全に支配されてはいないと伝えられただけでも、喜ぶべきなのかもしれない。

しかし、涙のせいでまた彼の顔が朧気にしか見えなくなってしまった。

「私の命よりも大切な女性です、どうか解放してください」

ヒツジグサの精霊に対してサージが放った言葉に、アムリットの心臓が跳ねる。

視界が悪くて表情は分からないが、実に真摯な声音だったので、つい誤解しそうになる……彼に愛されているのではないかと。

こんな状況で不謹慎極まりないが、心が浮つく。精霊ではなくアムリットの方が動揺してしまっては本末転倒なのに。

「リーザが貴方達にしたことについては、母に代わって私が贖うつもりです。レディオルの魂を解放し……元凶であるリーザも引き渡します」

『贖う？ 贖うと言ったか、サージ王？ ……本気で言っているのだとすれば、めでたいにも程がある』

サージが提案した償いの内容に、精霊は呆れた様子で吐き捨てた。

『レディオルを解放すれば、お前の手に心臓石が戻る。それにリーザは、お前にとっても死んでくれた方が有難い相手だろう？ 私はお前の姉や兄から、全てを聞いている……自分にとって都合が良いことばかり並べて、どこが贖いだ』

サージはそれに何も言い返さなかったが、決して精霊の台詞を認めたからではないはずだ。

彼が母親を引き渡すと告げる直前、僅かに躊躇うような間があった。

確かにリーザは生まれたばかりのサージから心臓石を奪い、祖国から追い払った。異父姉のダラシアからも婚約者であるタリザードを奪い、死に追いやっている。

私利私欲のためなら、躊躇いなく我が子を踏み躙り、その命を奪うことさえできる人間……それがリーザなのだ。

それでも、サージにとってはただ一人の母親だ。恨む理由は腐るほどあるが、血の繋がりはそう簡単に捨て切れない。不当な差別を受けてきたにもかかわらず、リーザに加担したホレストルの命さえ救う彼は、とても優しい人だから。

足元に一瞬視線を落としたサージは、何かを思い切るように長い息を吐いた。

「……では、言い方を変えましょう。アムリット姫を解放しなければ、心臓石を破壊します」

顔を上げた彼がヒツジグサの精霊に突きつけたのは、決して穏やかとは言えない条件だった。

その言葉が終わらぬうちに、地響きを立てて無数のヒツジグサが生えてくる。それらはレディオルを守る盾となるように、サージの前に立ち塞がった。

『お前にそれができるのか？』

自在に茎を撓らせて威嚇しながら、精霊はアムリットの口でせせら笑う。

それなのに、目の前で鎌首をもたげる蛇のような茎を見返すサージは、不自然なほどに落ち着いていた……彼らしくない脅し文句を舌に乗せたサージに、アムリットはハラハラする。

いくら強大な魔導の力を秘めた心臓石を半分取り戻したとはいえ、相手は不死の精霊だ。猛毒を持ち、体内に種子を植え付けることで簡単に人間を操れるというのに。

「誤解をしてもらっては困ります。私が壊すと言っているのはこちらの方です」

首を横に振った彼は、左手を掲げた。手の甲は赤く輝いている。

自分の喉がヒュッと息を詰まらせるような音を出すのを、アムリットは感じた。

「魔術師である私なら、レディオルを解放することができる。しかしこれを砕けば、レディオルも死にます」

サージが左手の甲に右手の爪を立てると、無数のヒツジグサが一斉にその腕を絡め取ろうと動く。しかし、サージの身体に触れる前に皆弾かれてしまった。目に見えない空気の層はいまだ健在のようだ。

「疑問に思っていたのです。種子を植え付けることで人間を傀儡にできるのなら、何故私を傀儡にしなかったのかと……先に傀儡にしたダラシアは元第一妃です。私に種子を植え付ける機会はいくらでもありましたよね？　彼女が王宮を去った後も機会はあった。ファーランドの底に潜った時など、絶好の機会だったはずです。それなのに、貴方は私ではなくアムリット姫を傀儡に選んだ」

彼の疑問はアムリットにも、もっともだと思えた。

ダラシアが元第一妃だった一年の間、閨で二人きりになる機会も何度かあったというのに、何もなかったと本人達が証言したのだ。

さっさとサージを傀儡にしていれば、もっと早くに……アムリットとの政略結婚話が持ち上がる前に、レディオルの封印を解くことができていたはず。

二人がファーランドの底に潜り、毒の氷河を突き破った時にも、精霊は彼でなく自分を傀儡に選んだ。

「そこで、敢えて傀儡にしなかったのではなく、できなかったのではないかと思い至りました。今まで貴方から種子を植え付けられたのは、タリザード、ダラシア、アムリット姫の三人だけです。彼らと私には、明確な違いがあります」

サージが続けた言葉を聞いて、アムリットの掌に自身の爪が食い込む。

握り込んで震える拳は、精霊の動揺を彼女に伝えた。このままサージが動揺させ続けてくれたなら、アムリットも精霊に一矢報いることができるかもしれない。

「私は魔術師であり、心臓石を持っていたということです……つまり、貴方は魔導石を持つ魔術師を操ることができない」

サージがそう言った直後、その足元にヒツジグサの茎が一斉に突き刺さった。

空気の層で守られたサージには、届かないと知っているはずなのに……それが、彼の出した結論に対する精霊からの答えなのだろう。

『心臓石を破壊する、だと……できるわけがない！　そんなことをすれば、お前はまた惨めな自分に逆戻りだっ！』

それは怒声よりも悲鳴に近かった。精霊の興奮が、身体を通じてアムリットに伝わってくる。

心拍数が異様に高い……今なら、できるかもしれない。ヒツジグサの精霊の支配を振り払うことが。肉体の支配権を取り戻すため、アムリットは精神を研ぎ澄ます。

「本気ですよ。アムリットのためなら、この命さえ惜しくはないと言ったはずです。彼女が助かるなら、私は何を犠牲にしても構わない」

サージが再び舌に乗せた告白は、もう疑いようがないほど熱烈なものだった。

アムリットの呼び方からも、敬称が取れている。

「えぇっ……？」

そのことに気付いて、アムリットの口から驚きの声が飛び出した。

狭い箱から抜け出したような解放感が胸を駆け抜け、心臓から指先の毛細血管まで一気に血が通い始めたような感じがする。

「……けほっ」

急に喉の奥に違和感を覚えて、彼女は咳をした。

その拍子に、喉に引っ掛かっていたらしい何かが口から飛び出す。ポトリと足元に落下したそれは、茶色いドングリのような物体……硬い殻に覆われた種だった。

それまで周囲で荒れ狂っていたヒツジグサの地下茎が、まるで操り糸が切れたかのように次々と足元の砂地に倒れていく。

「……あたし、戻った？」

「アムリットっ……？」

信じられない思いで呟き、自らの両手を見つめたアムリットに、サージが駆け寄ろうとするが……

「死ねぇーーーーーーーーーーーっ！」


突如、耳をつんざくような雄叫び（おたけび）が上がり、アムリットはハッとして顔を上げる。

鬼の形相をしたホレストルが目の前に迫っていた……その手は折れた大剣の刃先を握り、こちらに向かって振り上げている。

間に合わない……！

振り下ろされる刃を避ける暇（いとま）はなく、アムリットはギュッと目を瞑（つぶ）った。

同時に強い力で後ろに弾き飛ばされ、そのまま背中から砂面に倒れ込む。

「……そんっ、……なんと馬鹿なことをっ！」

程なくして、わなわなと怒りに震えるホレストルの声が耳を衝（つ）いた。

自分は死んでいないようだ……それどころか、刺されたはずなのに痛みを一切感じない。おまけに倒れた先にはヒツジグサの地下茎が無数に垂れ下がっていて、衝撃のほとんどを受け止めてくれていた。

けれど、身体が重くて起き上がれない。何かが上に圧（の）し掛かっているようだ。途轍（とてつ）もなく嫌な予感を覚えて、アムリットはそろそろと目を開ける。

「……う、そっ……陛下っ？」

ようやく焦点を結んだその目が捉えたのは、彼女の身体に覆い被さるように倒れているサージの姿だった。

苦悶の表情を浮かべる彼の背中には、折れた剣の刃先が深々と突き刺さっている。

「……アム、リット……無事っ、です……か？」

「あたしは何ともないっ……喋らないでっ、血が！　ねぇっ、どうしてっ？」

重なり合った二人の着衣を、彼の血がじっとりと赤く染めていく。アムリットは錯乱したように金切り声を上げた。

「……よか、った……貴女、だ」

サージは場違いなほど優しい笑みを浮かべる。額には汗が浮き、その顔はどんどん蒼褪めていくというのに。

「だい、じょぶ……よかった……あな、たが……もどっ」

次第に呂律が回らなくなり、たどたどしかった彼の言葉が不意に途切れる。

「陛下っ？　……ねぇ、起きて！　駄目、ダメだからっ……！」

じわじわと瞼を閉ざしていくサージの頬を叩き、肩を揺するが、彼はもう何も返してくれなかった。

意識を失った身体が、一層重く胸の上に圧し掛かってくる。

「……待ってっ、そんな……嘘よ！」

「そ、そやつが悪いのだ！　私は化け物を退治しようとしただけなのに、そやつが勝手に飛び出してきたからっ……！」

アムリットの悲痛な叫びを打ち消すように、ホレストルが喚(わめ)いた。人一人殺しておきながら、何とも身勝手な言い訳だ。

どうして自分は、こんな男を生かすために必死になっていたのだろう。

どうして自分は、こんな男が死んだと思って、涙を流したのだろう。

自分を助けたサージに感謝するどころか、その命を奪うような男のために。

そんな価値など、この下賤(げせん)な人間にはないというのに。

「……っ、……くい」

もう二度と動かないサージの身体を掻き抱き、アムリットは怒りに震える声で呟いた。

周囲に散乱していたヒツジグサの地下茎が、ざわざわと揺れ始める。

「……なっ、なんだっ……！」

異変に気付いたホレストルが、二人からじりじりと後退(あとずさ)りながら無様に吠えていた。

もう何もかも知るものか。

目の前の矮小(わいしょう)な男も、彼を利用するだけ利用して蔑(さげす)んできたこの国も。

聖獣レディオルを解放するという目的も潰(つい)えた。

今の自分にあるのは怒りだけ……

『憎い！』

アムリットの口から、追い出したはずの精霊の声が上がった。

第三章　乾いた水に一滴の貴女を

1

泣き声がする。

小さくてか細い、聞く者の涙を誘うような……そして、聞き覚えがある声だった。

全ては解決したのだから、もう泣く必要などどこにもないのに。

彼女は強い人であり、自分の力で自我を取り戻した。

心配することなんて、何もないのだから。


「……どうか、泣きやんで」

「誰も泣いとらんわ」

ようやく出した慰(なぐさ)めの声は、にべもなく切って捨てられた。

尊大なその声は、静かな怒気を孕(はら)んでいて、サージは咄嗟(とっさ)に目を開ける。

「ひっ……！」

真っ先に目に飛び込んできたのは天敵……毒蛇閣下の顔だった。苦虫を噛み潰したような凶悪な面相に、我慢できずに悲鳴を上げてしまう。

「期待を見事に裏切ってくれた上に、人様のツラ見て叫ぶたぁいい度胸だな！」

「うわっ、いたたたたたっ……！」

サージの顔面を優美な五指で鷲掴みにしたイグナシスは、そのまま容赦なく締め上げてきた。頭蓋骨がミシミシと軋み、サージはあっと言う間に涙目になる。

「おやめよ、イグナシス。時間がないんだからさ」

「……ちっ、運のいい野郎だ」

傍らのエグゼヴィアにやんわりと窘められて、イグナシスは舌打ちと同時にサージの頭を解放した。

正直言って、刺された時よりも痛かった気がする。

「……あっ、アムリットはっ……？」

「人の孫を呼び捨てにするな！」

「離婚したくせに、馴れ馴れしいですよ！」

急激に記憶が蘇り、そのまま飛び起きたサージは、天敵達からの一斉攻撃を受けた。

肩をビクつかせながら周囲を見回せば、そこはホレストル邸の中庭だった。寝かされていた砂地

は、美しかった風紋が見る影もなく乱れ、それ以上に……

「屋敷がっ……」

ヴェンダントでは王城ディル・マースに次ぐ建物だった五階建ての大豪邸が、完全に倒壊していたのだ。

崩れ落ちた壁やこの国特有の丸い屋根には、夥しい数の穴が空いている。まるで槍の雨でも降ったかのようだ。

「派手にやったもんだな、さすがはアーちゃんだ」

「これをアムリット……姫がやったと言うんですか？　一体、どうしてっ……ヒツジグサの精霊の支配から、彼女は自分で脱していたんですよ！」

的外れな称賛をするイグナシスに、サージは信じられない思いで尋ねた。

「そこに転がしてある長老野郎から聞き出したんだが、お前の傷はそいつにやられたんだろ？」

突き立てた親指で示された先に目をやると、蛙の標本のような格好でホレストルが仰向けに倒れている。

身体のあちこちに擦り傷や青痣があったが、口から蟹のようにブクブクと泡を吹いているところを見ると、生きてはいるようだ。

「えっ、あ……治ってるっ？」

サージは、ハッとして背中を振り返る。切り裂かれて破れた長衣の下の肌には、うっすらと創傷の跡が残っているだけだった。服にこびりついた血も、既にどす黒く変色し始めている。

自分は屋敷の地下の土蔵で、アムリットを庇ってホレストルの刃を受けた。咄嗟のことで魔導の力が追いつかず、二人の間に割り込むのが精一杯だったのだ。

それでも、意識を失う前に自らを冬眠に近い仮死状態にして、余分な出血を抑えようとしたことだけは覚えていた。

「まったく、せっかく助けてやったのに無駄に死にかけやがって……こんな何の器具もないところで、応急処置するだけでも大変だったんだぞ。エグゼヴィアの到着が少しでも遅かったら、お前の術も解けて失血死してただろう」

「事情を知らない姉上は、陛下が自分を庇って死んだと思い込んだんです。すっかりキレてましたよ。レディオルの封印を解くことができなくなったヒツジグサの精霊も、同じように怒り狂ってたんでしょ。同調した二人は、この国を海底に沈めることにしたみたいですね」

サージの傷の治療についてイグナシスが解説した後、アムリットの現状についてフリッカー王子が説明してくれた。

「……ヴェンダントをっ？」

サージは愕然とする。アムリットが自らの死によって、自暴自棄になってしまうとは思ってもみなかった。

自分の知る彼女は、時々意味不明な方言混じりの悪態は吐くし、やたらエイダンに厳しいが、虫も殺さないような優しい人だ。何の罪もない一億近い人々の命を奪おうとするなんて、到底あり得ない。

「恋は盲目って言うでしょう？　アム様にとっては初めての恋ですからねぇ……愛する男を殺されたとあっちゃ、盛大にとち狂いますよ」

「アムリット姫が恋っ？　……っ、一体誰にっ……？」

思いも寄らないエグゼヴィアの台詞に、サージは目を剥いた。

「この朴念仁！　本気で言ってんのかっ？　てめぇ以外に誰がいるんだよっ！」

すっとぼけた台詞を吐く彼に、イグナシスが気色ばんで胸倉を掴む。

「……私がっ？　そんな、あり得ない！」

「僕だって信じられませんが、姉上ならあり得るんですよ！　あれを見てごらんなさいっ！」

高速で首を横に振るサージだったが、今度はフリッカー王子がそう言いながら空を指差した。

「……ぐえっ」

視線を上げると同時にイグナシスに手を離され、体勢を崩したサージは背中から倒れ込んでしまう。

仰向けに寝転がったサージの目には、ここ二年余り目にしていない、真っ黒な雨雲で覆われた空が飛び込んできた。エグゼヴィアが彼に説明する。

「アレは毒の水蒸気でできた雲です。もうすぐヴェンダント一帯を覆い尽くしますよ……今にも泣き出しそうですが、そうなっちゃお仕舞いです。この国は二度と生き物が住めない死の土地になる。もちろん、今いる人達も誰一人助からないでしょう」

俄かには信じられない話だが、エグゼヴィアがこんな嘘を吐いて得をすることなど何もない。

「……本当に、アムリット姫が……」

まるで夢を見ているような気持ちでサージは呟いた。

正直言って、彼女が大量虐殺をしようとしていることよりも、自分を好きだということの方が信じ難かった。サージが死んだ悲しみで我を忘れ、復讐の鬼と化すだなんて。

けれど、それがもし本当であったとしたら……甚だ不謹慎ではあるが、薄暗い悦びを抱かざるを得ない。

「僕はっ、断固反対です！　……こんなゲラうじゃんしぃガラっ」

「殿下、デンボ弁が出てますよ。どんなにお嫌でも、大好きな姉上を救うにはサージ王に頼るしかないんですから。他の誰にもアム様は止められません、殿下にもね」

理性を失い、方言で悪態を吐く孫息子を、エグゼヴィアが宥める。

彼らの言葉の一つ一つが説得力となって、サージの胸をざわつかせた。

「おいっ、いつまで夢見心地でいやがるんだ！　さっさとアーちゃんを正気に戻してこいっ！　今度という今度は、失敗は許さんぞ……全員死んじまうんだからな！」

恍惚とするサージに、イグナシスが檄を飛ばしてくる。

「そうでした！　ただちにっ……」

バネ仕掛けの人形のように飛び起きたサージは、瓦礫（がれき）と化したホレストル邸へと駆け出した。

「おいっ、手順は分かってるんだろうな！」

「もちろんっ……、イグナシス様から受けた講義は、休憩中の雑談に至るまで全て克明に記憶していますから！」

背中から追いかけてきたイグナシスの言葉に、サージは振り返ることなく投げ返す。

ガルシュの王立魔導研究所で、所詮二級止まりの自分にやたらと絡んできたイグナシスは、無理難題だらけの課題を出してきた。歯に衣（きぬ）着せない毒舌と、今も健在な通称「鉄の爪」と呼ばれるお仕置きが恐ろしくて、無我夢中でそれらを突破してきたのだ。

思えば、全ては運命の導きだったのだろう。

今この瞬間のために……アムリットを救うための糸口は、過去にイグナシスから講義され、サージが自ら（みずか）追究した禁断の術式にあった。


「……本当に、あんなヘタレに任せて大丈夫でしょうか？　一切信用できません」

倒壊した柱の陰にその姿が消えると、納得がいかない様子でフリッカーが不満を吐き出す。

「大丈夫ですよ。ああ見えて、イグナシスが弟子にしようとしたくらいですからねぇ」

どうにも彼らの好感度が低いサージを、エグゼヴィアが擁護（ようご）するも……

「いいか、誤解するな。いい加減さっさと引退して、お前の後を追いたかっただけだ……欲しかったのは面倒なことを全部押し付けられる後釜であって、あいつ自身じゃない。確かに虐め甲斐はあったが、それ以上でもそれ以下でもない」

「まあ、首輪が似合いそうなヘタレ顔ですからね。調教したくなる気持ちは分かります……全てに片がついたら、僕もいびり倒してやりますよ」

「……まったく、素直じゃない男どもだよ」

揃いも揃って物騒な発言を繰り返す二人に、エグゼヴィアは苦笑を禁じ得なかった。

それぞれと付き合いの深い彼女には分かる……似た者同士の二人は好きな子ほど虐めたい性分なのだが、そのことに一切気付いていないのだ。

2

ヴェンダントの聖域は、あの日から何一つ変わっていなかった。

ファーランドの毒化が発覚してからは立ち入り禁止になり、更に祖父母の手によって結界が張られたため、神官さえ寄りつかなかったらしい。根こそぎ倒れて砂に塗れた八本の石柱テベリクが、照りつける陽光を反射し、薄汚れた輝きを放っている。

泉はすっかり干上がっていたが、周囲を埋める砂とは微かに色が違った。アムリット達が砂地を掘り抜き、そうとは知らずに蘇らせた毒泉は、蒸発し切らず地上に浸み出しているのだ。

そんな光景が、陽炎のようにユラユラと揺らめいていた。

アムリットは、照りつける太陽に目を細める。身体に付着したサージの血は既に乾き始め、刺繍を施された衣装の胸元がまだらに黒ずんでいる。

独り善がりで自己完結した台詞を吐いたヘタレ男の面影が、脳裏に浮かんでは沈む。

「……あたしに断りもなく死ぬなんてっ」

ムクムクと湧き上ってきた感情のままに、アムリットは吐き捨てた。


『憎い！』


御し得ない怒りを纏ったヒツジグサの精霊が、胸の中で咆哮を上げた。

一度は追い出したはずなのに、気が付けばまたアムリットの中にいる。呑まされた種が一つではなかったのか、その理由ははっきりとは分からない。

別に理由などどうでもよかった。

今、身体の主導権はアムリットにある。恐らく、もうヒツジグサの精霊の意思を阻もうとしていないからだろう。愛する者を失う苦しみが、今は痛いほどに分かっている。

復讐を諦められるわけがない……そして、その相手はサージに直接手を下したホレストルだけでは収まらない。

サージはヴェンダントという国全体に踏み躙られたのだ。

魔導の力を持っていたという、ただそれだけのことで。その差別が不当であると薄々は気付いていながら、彼はそれでも王としての責務を果たそうとしていたのに。

全てを終わらせるなら、全ての始まりの地が相応しい。

アムリットは憤りを両の拳に込めて熱砂に叩きつける。

たちまち拳の下から濛々と白い湯気が立ち昇った。更にその手が砂の下に潜ると、何もない空中に金色のひび割れが走る。結界に守られた景色が歪み、濃厚な毒を纏った空気が微かに漏れ始めていた。

僅かに息を吸い込んだだけで、身体中の血が沸騰しているように感じる。目の前がチカチカと点滅し始め、炎天下でありながら、指先から徐々に冷たくなってくる。

それでも構わず、指先に触れる湿った砂に、空気中から取り込んだ熱湯を送り込む。サラサラと崩れるようだった砂の中に、新しい道ができていく……ファーランドの底へ続く人工の水脈だ。

流れを推し進める腕が肘まで沈んだ時、指先に何かが舐めるように触れた。手首に絡み付き、引っ張るように蠢くそれは、ファーランドの底に根を張るヒツジグサの地下茎だ。結界の亀裂を内側から広げ、アムリットを迎えに来たらしい。

ヒツジグサの精霊は、水を操る力が欲しいのだ。まだ大部分が氷漬けにされた毒泉を溶かし、ヴェンダント一帯に毒素を広めるために……魔導石を持たない魔術師であるアムリットは、精霊にとって実に有能な解氷装置だった。

サージの推測通り、ヒツジグサの精霊は魔術師である彼を操ることができない。

魔導石を持つ魔術師を操るには、その魔導石に宿る必要がある。しかし、石や水のような無機物にも宿ることができる聖獣と違い、精霊は有機生命体にしか宿れないのだ。

だが、それ以上に魔術師が魔導石に魔導の力を蓄積し、制御していることが最大の原因だった。大規模な術を行う時には呪文の詠唱をするが、最も重要なのは呪文ではなく、彼らが無意識に発する精神波だ。呪文だけでは魔導石は沈黙したままで、力を発動してはくれない。

魔導石は魔術師の精神波をきちんと識別するため、他の誰かが魔術師を殺して魔導石を盗んだとしても、魔導の力までは奪えないのだ。たとえ精霊が肉体を乗っ取ったとしても、精神波が異なるために術は発動しない。

魔導石に封じられた聖獣を解放するには、その持ち主であるサージか、もしくは彼の母であるリーザでなければならなかった。

魔導石を持たない魔術師であるリーザが彼を身籠った時、母体が持つはずだった魔導石までもが胎児の魔導石として生成されてしまった。

まさに神の悪戯と言うより他ないが、一級魔術師さえ優に超える魔導の力を蓄積、制御する魔導石はこうして誕生したのだ。

リーザが彼の母親でなければ、このような悲劇は引き起こされなかったかもしれない。

彼女がヴェンダントに生まれていなければ、少しでも母性があれば、悪知恵が働かなければ……

何よりも、目の覚めるような美貌の持ち主でなければ、こんなにも不老不死に固執しなかっただろう。

魔導石を介してレディオルを我が身に取り込もうとしたリーザは、それを察知したタリザード王子によって野望を阻まれた。

そして聖獣の報復を恐れたタリザードは、レディオルが封じられたままの魔導石を、地下水脈の中心点にあるホレストル邸の地下に封印してしまったのだ。

その後、ファーランドの泉はレディオルの浄化の力を失い毒化した。更には泉の水を飲んだ王族がことごとく崩御する……流行病かと思われたが、タリザードはそこでようやくヒツジグサの精霊の存在に気付いた。

彼は水脈に根を張るヒツジグサごと全ての地下水を凍結させたものの、正規の聖獣使いではない彼の身に、二度の儀式は負担が大き過ぎたのだ。

ヒツジグサの精霊は、ファーランドで対峙したタリザードに種子を植え付けた。種子は彼からダラシアへと宿主を変え、彼女を操って何とかここまで漕ぎつけたのに。

全ては先走ったホレストルの凶刃によって、台無しになった。

半(なか)ば同化したヒツジグサの精霊から流れ込んでくる記憶と知識は恐ろしく膨大で、アムリットを圧倒する。激しい怒りと絶望に彩(いろど)られたそれは、刃(やいば)のように深く彼女の胸に突き刺さり、復讐しか考えられなくさせていた。

地下茎に引っ張られたアムリットの身体は、泉の底に到着する。

流氷の波間に見える束になった無数の根茎は、節ごとに膨れてボコボコと絡み合っていた。陽の光に触れることなく、白々(しらじら)と凍りついたそれらは、大量の頭蓋骨(ずがいこつ)を繋げているようにも見えた。

アムリットはその中心に降り立つ。彼女が与える熱で、ヒツジグサは氷の拘束を断ち切り、その身体を根茎で囲い込んだ。やや狭い空間の中で膝を曲げて座ると、まるで肋骨(ろっこつ)で守られた心臓になったような気分だ。彼女はまさに心臓そのもののように、毛細血管の如(ごと)き地下茎に血液ならぬ毒液を送り出す。

程なくしてヴェンダント中の枯れ井戸は息を吹き返し、民は狂喜乱舞するだろう。

それが毒だとも知らずに、聖獣レディオルの加護だと感謝するに違いない。

『手緩(てぬる)い』

アムリットの思考に精霊が割り込んできて、同時にその企(たくら)みを知らせる。

「……雲を作る？」

彼女が心に浮かんだ言葉を口にすると、新たな思惟がもたらされた。

地下水を気化して空に噴射し、ヴェンダント一帯を覆う厚い雲を形成する。そして、一斉に毒の雨を降らせる。それならば、人々が井戸水を飲むのを待つ必要がないと言うのだ。

「待って、それだとバッ……、シャッス……あれ？」

咄嗟にいくつかの顔が頭に浮かんだ気がするのに、次の瞬間には何も思い出せなくなっていた。

この国に毒の雨が降り注げば、困る人達がいたような。

『我々の愛する者は奪われた。愚かしいこの国の人間どもに……もう何も残ってはいない、違うか？』

「……そうか、そうだよね」

まるで暗示を掛けるような問い掛けに、アムリットは納得する。

自分にはもう誰もいない。愛する者は喪ってしまった。残されたのは自らの力と、それを正しく使うべく導いてくれるヒツジグサの精霊だけだ。

精霊の言う通りにしよう。

目の前の白い根茎に両手を添え、アムリットは熱を送り込む。凍りついたヒツジグサを、枝葉末節まで溶かすため……そして復讐を遂げるために。

＊＊＊

サージがファーランドに取って返した時には、既に結界は跡形もなく消え失せていた。

途中で通りかかったファーランド神殿は閑散としており、人っ子一人いないようだ。異変に気付いた神官達は、ホレストル邸の家人達と同じく我先にと逃げ出したらしい。

かつての聖泉からは、ヒツジグサの茎が天に向かって猛烈な勢いで伸びている。野太い茎は巨大な皿のように丸い葉と、白い花を付けていた。

以前は美しく見えたそれらが、今は毒々しく見えてならない。辺りに漂っていた清廉な空気も、噎せ返るような饐えた異臭に変わっている。

高く伸びたヒツジグサは上空に黒煙を吐き散らし、それがヴェンダント一帯を覆い尽くす毒雲となっているようだ。最早泉は地下茎で覆い尽くされているため、その場に跪いたサージは砂地に赤く輝く左手を翳す。

地下を走る水脈を探っていくうちに、新しい道が見えた……人一人が辛うじて通れるそれは、アムリットが掘ったものに違いない。

ヴェンダントを覆う異変が彼女の仕業だと聞いても、どこか信じ切れずにいたが、これで決定的になった。

サージが死んだと誤解し、錯乱状態に陥った彼女をヒツジグサの精霊が洗脳したのだろう。そうでなければ、まだ祖父母と弟王子が残っているこの国に毒の雨など降らせるはずがない。

今度こそ守らねばならない。

彼女を稀代の大量殺戮者として、歴史に残すわけにはいかないのだ。

サージは掌を拳に変え、いつかのように旋風を起こす。

彼女の作った水脈を辿るのは二度目のことだ、コツは分かっている。前回は二級止まりだったのでアムリットのもとへ行くまでに疲弊し切ってしまったが、心臓石を取り戻した今は、そんなことにはならないだろう。

空気の保護膜を通して見る泉の中は、溶岩流のように熱く煮え滾っているようで、地下から轟々と水泡が立ち昇っていた。

視界は悪いが、地下茎を辿っていけば、その先にアムリットがいるはずだ。呪禁符やイグナシスの銀蛇を欠いた彼女には、時間がない。

ヒツジグサの精霊は、アムリットの力を出し惜しみはしないだろう。泉が干上がるまで……否、地下水脈が蒸発するまで、何としてでも彼女を使い倒すはずだ。

今はまだ必要に駆られて生かされているに過ぎない。彼女が怒りに駆られ、早まった真似をしないようにサージは必死で探す。

身体を覆う空気の層に周囲の景色を反射させ、偽装を施してある。とはいえ、ヒツジグサは侵入者に驚くほど無関心だった。

よもや死んだと思ったサージが邪魔をしに現れるとも思わず、毒雲の生成に集中しているのだろうか……深淵の源まで辿り着いたサージは、大量の泡と地下茎の波間に、肥大した根茎が絡み合って大きく盛り上がった部位を見つける。

まるで鳥籠のようなそれは、恐らくヒツジグサの心臓部だ。

だとしたら、中にはアムリットが囚われているはず。

気配を殺して慎重に近付くと、根茎の隙間から細くたなびく赤いものが見える……血かと思って一瞬心臓が跳ねたが、波打って揺れるそれはアムリットの赤毛だった。

彼女がこの中にいる。

逸る心を抑え、サージは何重にも絡み合う根茎に手を伸ばした。

その時、彼女の髪を挟んだ茎の隙間から、戦慄くような気泡が上がる。

「……サぁジっ……」

ゴポッと吐き出す泡に紛れて、自身を呼ぶ声が耳を衝く。

サージは刹那呆然とした。ヒツジグサに覆われたアムリットには、偽装まで施した自分の姿など見えるはずがないのに。

「……アムリット」

咄嗟に口にすると、盛り上がった根茎の塊が、まるで鼓動をするようにドクンと強く収縮する。

辺りにたなびいていた地下茎も、ゾワゾワと意思を持つかの如く蠢き始めた。

気付かれた。

偽装を解いたつもりはなかったが、サージの動揺が微かな空気の振動として精霊に伝わってしまったようだ。異物の侵入に気付いたらしいヒツジグサの地下茎は、一斉にサージを拘束しようとする。

彼が逃げを打つよりも早く、身体の表面に張った空気の膜ごと絡め取られる。このまま圧し潰されれば、活動不能に陥ってしまう……サージは左手に力を込めた。


『……エディオ……ル、レディオォオオォーールっ……！』


深淵の闇の中で、ヒツジグサの精霊が咆哮を上げた。

サージの中に聖獣の存在を感知したようだ。彼は崩落したホレストル邸の地下から心臓石を取り戻し、レディオルの封印をそのままに身体に取り込んでいた。

「……がっ……！」

空気の層を突き破り、口腔に侵入してきた地下茎に、サージは堪らず声を上げる。食道を這いずる異物感に、意識が一瞬飛んだ。

『返せっ、返せぇぇええぇぇぇーーーーーーー！』

怒りに塗(まみ)れた雄叫(おたけ)びを上げ、ヒツジグサの精霊はサージの身体に宿るレディオルを探る。

番(つが)いの魂(たましい)を二度も利用されたことで、完全に猛り狂っていた。

それどころか、ヒツジグサの精霊はサージの魂(たましい)を喰らい始めている。だが、アムリットを救い出す前に倒れるわけにはいかない。

サージは気力を振り絞り、左腕に力を込めようとしたが、感覚がない。地下茎の締め付けによって、腕の骨が砕けたのだろうか。

聖獣の魂魄(こんぱく)を宿した心臓石を取り戻したのに、サージがその力を行使する前に死んでは元も子もない。ヒツジグサの精霊の意表を突くことが、計画の要(かなめ)だったのだ。

このままではただの無駄死にだ。ファーランドは汚されたままで、アムリットも捕らえられたまま……毒に侵された地下水脈はヴェンダントに止(とど)まらず、エリアスルート中の空を覆(おお)い尽くすかもしれない。

最早ヴェンダント一国が生活水を失うだけでは終わらない。被害は世界中に広がり、生きとし生ける者全てが死に絶えるやもしれない。

それだけは避けたい。

せめて、アムリットだけでも救い出したい。自分なんかのために、心を壊しかけている彼女を……もうその素顔を知っているのに、呪禁符塗れのミノムシのような姿が脳裏を過ぎる。

「陛下っ……！」


彼女の声が耳朶を打った。

幻聴が聞こえるとは、とうとう脳までやられてきているようだ。

「ごあらぁああぁぁーーーっ、どけや草ぁーーー！」

この状況を目の当たりにすれば、如何にも彼女が言いそうな台詞だ。

せっかくの幻聴なのに、甘い睦言にならないのも実に彼女らしい。

「お前になんかやらねぇらっ、サージはあたしんだ……！」

微睡むような途切れ途切れの思考の中、呼び捨てられた自らの名に心臓が跳ねる。

「えっ……ぐえぇぇぇっ……！」

次いで途方もない吐き気に襲われたサージは、堪らず呻き声を上げた。

同時に、食道を荒らしていたヒツジグサの茎がなくなっていることに気付く。

それだけでは終わらず、ブチブチと空恐ろしい音が辺りに響き、自らの身体に巻きついていた地下茎が徐々に緩んでいった。

何者かが、彼の身体を拘束するヒツジグサの地下茎を引き千切っているのだ。

目元を覆っていたそれも引き剥がされ、頬に自分ではない誰かの手が触れるのを感じた。手の主はこちらを至近距離から覗き込んでいるようだが、その姿は朧気にも見えなかった。

「陛下っ、ホントに……大丈っ……夫なわけないか、ゲラボロボロ」

感極まったような声の主は間違えようもない。嘘だ……まさか本当に？

「……アっ、……う……」

アムリット、どうしてっ……？

ヒツジグサの圧迫から解放されたばかりの喉は、すぐに声を出すことができなかった。息をするのもやっとだが、周囲には空気の層が復活している。

目の前にいる彼女が幻でないのは、最早紛れもない事実だった。

ヒツジグサの根茎に囚われていたはずの彼女が。助けると誓ったはずの彼女が。

「馬鹿っ……生きてたんなら、生きてるって言ってよ！」

満身創痍で大混乱に陥るサージに対し、怒りを孕んだ声で吐き捨てたアムリットは、齧りつくように抱きついてくる。

痛い。

せっかく繋ぎ止めていた意識が遠退きそうになるくらいに痛い。

ヒツジグサに拘束され、力を搾り取られて死にかけていたはずなのに、何でこんなに元気なのだろうか。彼女は不死身なのか、ヒツジグサの洗脳はどうなったのだろうか……そんな風に思いつつ、頬に触れた手を通し、安心感に包まれる。

直後、サージの唇に何かが押しつけられた。

この柔らかく甘やかな感触には覚えがある。というより忘れようがない。

夢うつつのアムリットから奪って、その直後、果てしなく後悔することになったもの。

自身の唇に触れる温かな感触に陶然とするが、そんな場合ではないことを思い出す。情けないが、こうなったら不死身の姫君に協力して頂くしかあるまい。

『……どうか、これから私の指示に従ってください』

触れ合ったままの唇を震わせ、サージはアムリットの口腔に声を響かせた。

3

サージとアムリットが熱砂の下に潜ってすぐ、猛毒に侵されたファーランドから天に向かって、赤い閃光が駆け上がった。

昇り龍の如き野太い水柱が、空を覆っていた薄暗い雲を突き抜ける。後に聞いたところによると、ヴェンダント中に点在する枯れ果てたオアシスからも、同じ現象が同時に起こっていたらしい。

水柱が消えた後もこの国は、止むことのない雨に見舞われている。遅れてきた雨季が一気に押し寄せたかのように。

――一年前のあの日、ホレストルが荒れ果てた中庭で失神から目を覚ました時には、全てが終わっていた。事の顛末を知りたがった長老に、フリーダイルの王子と彼の祖父母が説明したそうだ。

亡きタリザード王子がホレストル邸の地下に封印したサージの心臓石には、聖獣レディオルの魂魄が封じ込められていた。前第四妃リーザの仕業であり、それを聖獣と番いの関係にあったヒツジグサの精霊がアムリットに乗り移り、取り戻しに来たのだ。

サージは精霊レディオルの魂を解放したが、それでもヒツジグサの怒りを鎮められなかったため、やむなくアムリットとともに人柱となった。

聖泉を住み処としていたヒツジグサは消え、地下水脈で繋がったその他のオアシスからも毒は浄化されていた。数多の罪なき民達を救った二人の魂は、本来冥界へ至るはずが神の恩赦を受け、天上界にまで至ったのだ。

かくしてサージとアムリットは、聖人聖女になったのである。

ヴェンダントはこの奇跡を称え、末代まで語り継ぐべきだと、フリッカー王子達は主張した。真偽の程を確かめる術はないが、二人が消えた直後に降り出した恵みの雨には、全ての疑問をねじ伏せる説得力があった。

魔術師に差別意識を持つホレストルは彼らの説明に懐疑的だったが、サージを殺しかけた自らの罪過を隠蔽するために口を噤んだ。前代未聞の醜聞を秘密にしてもらうことと引き換えに、貿易に関することも含め、フリーダイルのような山陰の小国には破格の賠償を支払ったのだ。

姉姫の死を無駄にはすまいとばかりに、ヒル王子と最凶最悪な祖父母の交渉術は実に冴え渡っていた。

――サージとアムリットは雨乞いの儀式を執り行い、儀式は成功したものの、二人は命を落とした。

そんな国内外に向けての説明に「長老を筆頭にした重臣達の制止を振り切り」の一文が追加されたのは、ホレストルにできた最後の抵抗だった。


「ダラシア・リアラン、お時間です」

ここ一年の間に起こった目まぐるしい出来事を反芻していたダラシアの耳に、側仕えの少女の声が届く。

扉のない入り口に目を遣ると、リーザの洗脳が解けてすっかり明るい表情を取り戻したルーフェが、王太子タグラムの手を引いて現れた。

その後ろからは、緋色の長衣を纏ったエイダンが続く。サージの最後の命により、王太子の後見に任じられた彼は今、ホレストルを頂点とする長老議会に所属し、聖戦士の座を与えられている。

エイダンは、近々ルーフェを養女に迎えるそうだ。同じリーザの支配から解放された者として、放っておけなくなったという。他の少女達にも、それぞれ里親を見つけてやるべく動いているらしい……人は変わるものだとダラシアはつくづく思う。

事件後、彼はルーフェを連れ、ダラシアのもとへ真っ先に非礼を詫びに現れた。リーザに洗脳されてのことであるし、自らもヒツジグサの精霊に操られていた。それゆえに、特に気にしてはいなかったダラシアは、彼らの訪れに驚いたものだ。

そして、彼は異父弟サージのことについても言及した。一番大事な時に守るべき主の側を離れ、何もできなかったことを心底悔やんでいたのだ。本来なら死をもって贖いたいが、死は逃げなのだとアムリット姫に教えられたとも……今はサージが守ったこの国と、タグラムに誠心誠意尽くすことを償いだと思っているそうだ。

生き恥を厭うヴェンダント戦士の考えを変えさせるとは、フリーダイル王女の影響力は素晴らしいものがある。ダラシアも彼女を聖女のようだと称したことはあったが、それは決して巻き込んだことへの罪悪感から出たお世辞ではなかった。

まだ知り合って僅かだったが、偽善者のリーザとは真逆の人物であることは、その些細な言動からも窺い知れたのだ。

本当に惜しい人物を失ったものだ。フリーダイルにはいくら償っても、償い切れない損失を与えてしまった。今後築く新たな国交によって、少しでもその罪滅ぼしができればと願っている。

そのダラシア自身もサージ達の喪が明けた今日、タグラムが成人するまで政治を代行する宰妃の位を与えられた。一度は王宮を追われた身なのに、随分と過分な称号を与えられたものだ……恐らく罪悪感と口止めのためだろうが。

これから目の前に見えるバルコニーの下、王の広間に詰めかけた国民に対し、王太子とともに披露目の儀式に臨むのだ。

「……ダァーラ！」

ダラシアが籐細工の座椅子から立ち上がると、タグラムが満面の笑みで向かってくる。白と黒のガトラを留めた金のサークルが重たいらしく、その覚束ない足取りに、ダラシアの口元には笑みが浮かんだ。

「いい子ね、タグラム」

愛しさを込めて名を呼ぶと、王太子は彼女に向かってめいっぱい腕を伸ばしてくる。

ダラシアは幼子の両脇の下に腕を差し入れ、胸に抱き上げた。ダラシアが纏った白と黒の縞模様のチャルタが、微かに衣擦れの音を立てる。

「……参ります」

バルコニーの前に立った彼女が、傍らに付き従うエイダンに告げると、彼は室内とバルコニーを仕切る御簾を掻き上げた。

すると、魔導石カギンによって遮られていた、民達の熱狂的な祝福の声が飛び込んでくる。雨の中にもかかわらず、眼下の広間には次代の王を一目見ようと、国中から人々が詰めかけていた。

腕の中のタグラムは大歓声に驚いた様子で、小さな手でダラシアの胸元に縋りつきながら、目をパチクリとさせる。だが、民衆に悪意がないことを本能的に悟ったのか、淡い水色の瞳から涙が零れることはなかった。ただ、物珍しそうに声に耳を傾けている。

その双眸も、年を重ねるほどに金に近付く褐色の髪も、純白の肌も、黎国シッキムの民の血を引くタリザードと同じ……実母であるリーザの面影は全く見当たらない。

ダラシアは、結局この手で母に引導を渡すことはしなかった。

リーザは今も、王城ディル・マースの地下牢で生き永らえている。美しい容姿を失い、正気も失ったまま、黴臭い監獄の中で醜く老いさらばえていくのだ。

今際の際のタリザードからヒツジグサの種子を植え付けられていたことを知らされたダラシアは、あの御し得ぬほど苛烈な怒りと憎しみは、精霊と自分の二人分だったのかと納得した。

眠っている間に全てが決着してしまったのは多少不満ではあるが、それでも今は憑き物が落ちたように心穏やかだ。

「ダーラっ……！」

自身を呼ぶ幼子の声が、過去の幻影を一蹴する。

腕の中から福々しい笑顔を向ける異父弟に、ダラシアは聖母のような笑みを注いだ。

乳母にも任せずこの手で世話したタグラムに、最初から惜しみない愛情を注いだと言えば嘘になる。母が産み落としたこの子は、確かにタリザードと同じシッキムの特徴を備えていた。

けれど、彼の子ではない。

聖獣の眼鏡に適（かな）う魂（たましい）の持ち主を孕（はら）むため、リーザは再三タリザードに迫ったが、彼はリーザに指一本触れなかった。

タリザードの母である前第一妃は、ヴェンダント王家に輿入（こしい）れする際、幼い従者を連れてきていたという。

もともと故第一妃の遠縁で容姿が似通っていた彼は、翌年に生まれたタリザードの影武者となった。祖国シッキムからは故第一妃を守ることを第一の任務として送り出された少年で、彼女に影武者を頼まれた時点で死を偽装し、タリザードの影として一生を送ることを受け入れていたのだ。

突如接近してきたリーザを不審に思ったタリザードは、自らの代わりに影武者を差し向けた。彼はサージの心臓石で増幅されたリーザの魅力に陥落し、主人の名を騙（かた）って彼女と逢瀬（おうせ）を重ねてしまったのだ……だが、彼女の懐妊が発覚すると、正気に戻って自刃したらしい。

影武者の自殺に疑問を抱いたタリザードは、死因を調べるうちにリーザのおぞましい企（くわだ）てに気付いた。二人の不義密通を阻止できなかったことを、彼は深く悔やみ、刺し違える覚悟でリーザのもとに向かったのだ。

生まれる子には何の罪もなく、また影武者に対する恩義もあったため、タリザードは自ら姦淫（かんいん）の罪を被ったのである。

その事実を知るのは、最早ダラシアしかいない。

影武者の裏切りに気付けなかったがゆえの悲劇であり、生まれた子供に罪はない。自身の異父弟でもあるタグラムを守るため、ダラシアは事実を秘することにした。

永遠の若さと美しさに固執した母は、全てを失って地下牢に投獄されている。遥か昔に打ち捨てられた自分は国母となり、捨て駒にされるはずだったタグラムは王となってヴェンダントの実権を握る。

足蹴(あしげ)にしてきた者達に取って代わられることになり、母には到底我慢ならない状況だろう。正気を失っていなければの話だが……それでも、十分に溜飲(りゅういん)は下がる。

血を流さずに、これ以上の復讐はできまい。

たとえ不義の子であっても、タグラム自身には何の罪もない。

秘密を抱いて生きていくのは、自分一人で十分だ。広間にひしめく無辜(むこ)の民達に向かって手を振りながら、ダラシアはふと鉛色(なまりいろ)の空に視線を投げる。


サージ、悲劇の聖人にして我が異父弟……命こそ落としたけれど、最後の最後で彼の想いは報われた。どうか、天上界では最愛の姫と永久(とこしえ)に。

エピローグ

フリーダイル国民の間でさえ秘境と呼ばれるデンボ村の温泉御殿は、様々な病に効能がある湯治場として、知る人ぞ知る温泉郷である。

切り盛りしているのは現王妃エレーデの両親だが、経済的に潤うようになった今も過度の商売っ気は出さず、堅実な経営を続けていた。

「おんやまー、お久しぶりだらっ、ベケットの旦那さんにメリリの奥さんねら！」

宿で提供する食材を調達するため、デンボ山に分け入っていた女将のイリヤは、峠の脇道から現れたベケット夫妻に威勢のいい声を掛ける。

「やあ、女将……元気そうで」

「ホント、安心したわ」

背負子の籠にデンボ山特産のヘボ豆を山と積み、軽快な足取りで峠を下ってきた彼女に、二人はホッとした様子で笑顔を見せる。

この道三十年の旅芸人である彼らは、十年ほど前から冬場になると、古傷の湯治に訪れるのが習慣だった。

「まいんち、店ン湯浸かってだらねぇ。まだまだ三十年は、いけっかならー……ニビャビャビャビャっ！」

方言丸出しで豪快に笑い飛ばすイリヤに、奥方のメリリがおずおずと尋ねる。

「ねえ、女将。貴女達が引退するって噂を聞いたんだけれど、間違いよね？」

隣国ホリドゥラで興行していた旅芸人夫婦は話を聞きつけ、まだ秋口ではあったが早々に仕事納めをしてフリーダイルを訪れたのだ。

まだまだ現役に見えた亭主のガガットと女将のイリヤに限ってまさかとは思ったが、一年前に熱晶国ヴェンダントへ嫁いだアムリット王女の訃報も同時に思い出された。

何でも、夫であるサージ王とともに臨んだ雨乞いの儀式で事故があったらしい。二人の尊い犠牲により、彼の国には一年ぶりに雨季が訪れたという。忌まわしい水呪の姫は死して聖女と崇められ、祖国フリーダイルでも盛大な国葬が執り行われたそうだ。

いくら元気な女将達といえども、孫娘の死は精神的にこたえただろう。

気落ちから一気に老け込んでしまったとしても不思議ではない。本来なら根も葉もないと一蹴すべき引退の噂にも、意外な信憑性が出てきたのだ。

しかし、目の前の女将に衰えの気配は微塵もなかった。やはり、あれは商売敵が流した性質の悪い噂話なのだろう。

「おんやまー早耳だなら。ゲス、ゲス……引退すらねど、すぐじゃねらすか」

しかし、女将は目を真ん丸にしながら首肯した。

「なっ……温泉御殿はこの先どうなるんだ？」

安心したところへ爆弾発言を落とされ、言葉を失う妻に代わり、血相を変えたベケットが疑問符を投げる。

自分達の芸人生命を支えていると言っても過言ではない、温泉御殿の一大事である。万一廃業されては堪ったものではない。

とはいえ、もし国営に切り替えて存続できたとしても一抹の不安が残る。国営の温泉施設となれば、経営に乗り出してくるのはやり手のフリッカー王子に他ならない。

時折、温泉御殿にお忍びでやってくる国王夫妻に同行しては、祖父母の良心的な経営方針に口出ししているらしいのだ。湯治にかかる諸々の費用が、大幅増となる可能性はかなり高い。

温泉御殿がフリーダイルにとって一番の売りであることは確かで、山陰の小国が生き残っていくには致し方のないことだと思う。頭ではそう理解しているが、正直このままの料金設定でお願いしたいものである。

「孫夫婦に継がすんだらぁ。独り立ちには、まぁだゲラ掛かっねら」

「お孫さん夫妻……って意味よね？　フリッカー王子、もう婚約されたのっ？」

夫とともにグルグル考え込んでいると、思ってもみない言葉が耳に飛び込んできて、メリリは驚きの声を上げる。

確か王子は、まだ十三歳になったばかりではなかっただろうか？

「んやんや、フリッカーでねぐってナナシとヴィアンカっちぃイソッコらぃ！　外国から来てもらったら。あどさで顔見せらぃなぁー」

同じ向きに小首を傾げる二人に向かって、女将はあっけらかんと言い放つ。

ベケット夫妻は十年通い詰めるうちに、女将が操る癖の強い方言がすっかり聞き取れるようになっていたが、「イソッコ」という言葉は初めて聞く。

後継者はフリッカー王子ではなく、外国から来てもらったナナシとヴィアンカという二人らしいが……つまりその意味は。

「……がっ、外国から……、夫婦の養子を貰って孫にしたのっ？」

＊＊＊

麦わら帽を被り、色違いの作業着を着た男二人が、デンボ山中腹の斜面に這いつくばっていた。

互いの中間地点には丸い竹ザルがあり、キノコや拳大の黒いひげ根の付いた豆、その他山菜がいくらか入っている。

傍目には少々怪しいが、山菜取りの真っ最中の山師達だった。

「びえくしょんっ……！」

黙々と作業していた二人のうち、茹でたザリガニのように赤い作業着の男が、やおら大きなクシャミをした。

「……どうしたんだい、ナナシ君。風邪かな？　熱帯地域生まれの君には、秋口のフリーダイルは寒かろうねぇ」

鮮やかな紅色のキノコに手を伸ばしていたネズミ色の山師が、ナナシというらしいザリガニ山師に気遣わしげな声を掛ける。

「いえ、大丈……ぅひゃあっ……！」

ナナシは頭を振って答えようとしたが、不意に足の踏ん張りが崩れ、緩い傾斜を万歳の体勢でズリリリと滑り落ちていった。

不幸にも折からの雨で足場は滑り易く、草を掴もうにも手袋をした手が滑りに滑る……ジタバタと振り回した指先が竹ザルを掠めたらしく、せっかく集めた山菜やキノコを辺り一帯にぶちまけてしまった。

「ぐへっ……！」

ナナシは背中に強い衝撃を受け、肺から空気を吐き出す。

斜面の途中に生えていたクヌギの木に、まともにぶつかってしまったのだ。声も上げられずに悶絶していると、縦回転しながら追い駆けてきた竹ザルが脳天に直撃する。

まさに、泣きっ面に蜂だ。

竹ザルの鋭い一撃が麦わら帽を弾き飛ばし、飛び込んできた日の光に目がチカチカした。

一年前に痛めてしまった目に、突然の日差しは刺激が強過ぎる。日差しを避けるように至近距離で翳した手の傷さえ、はっきりとは見えなかった。

「……ぶはっ！」

間抜けな有様がツボに入ったらしく、一段高い斜面でキノコ片手に一部始終を見ていた相方が、堪え切れずに噴き出した。

「あはははははっ……！」

木の幹に背中をもたせかけて上体を起こしたナナシは、腹を抱えて爆笑するネズミ色の山師……否、フリーダイル国王レキサンドル・アルカディー・ルムクス二世に文句を言う。

「いたたたっ……酷いですよ、レキサンドル陛下」

笑った弾みで被っていた麦わら帽が脱げ、その整った面差しが白日の下に惜しげもなく晒されている。

涙目の上に逆光で、しかも色の判別がやっとのナナシには見えないが、緩く波打つ金髪は豪奢で、双眸は快晴の空を思わせる深い青色だったと記憶している。

まるで血の通った人形か、美女とも見紛うその人が、ナナシより三歳年嵩の娘を持つ父親であるとは到底信じられなかった。

今身に付けている薄汚れた山師の作業着も、その容姿とは激しくチグハグに違いない。

「ははは、いや済まない。だがね、ナナシ君もいい加減水臭いよ。私のことは義父上と呼んでほしいと言っているだろう。アム……じゃなかった、ヴィアンカは私達夫婦にとって娘同然。その夫である君も息子同然なんだから」

「……申し訳ありません、まだ実感が乏しくて」

朗らかに続けられた言葉に、踏んだり蹴ったりでささくれ立っていた心がフワリと上昇する。

祖国では死んだと思われて初めて聖人と祀り上げられたが、生きている間は実の親兄弟からも疎まれ、利用されてきた。親愛の情を向けられたことなど一度もなかったのだ。

元ヴェンダント国王サージ・ケイラー・メヌーク三世……一年前に死んだはずの自分が、こんなにも平穏に暮らしていることはいまだ信じられない。

山陰の小国であるフリーダイルにおいて、秘境と呼ばれるデンボ村の温泉御殿は妻の実家であり、彼は新しい名を得てここに身を寄せていた。

海港国リゾナに魔導の力を持って生まれたナナシは、人権無視の酷い虐待を受け、フリーダイルからの移民である妻とともに、命からがら逃げてきたことになっている。

彼女……ヴィアンカは、この国唯一人の呪医である老婆の遠縁の娘だ。彼女の正体が、ファーランドの聖女と崇め奉られている故フリーダイル王女であることは、ナナシが元ヴェンダント国王であること同様に秘密である。

祖国を捨てる決意の表明として名前を捨て、新たに名乗ることになったナナシという名は、デンボ村の方言で「人畜無害」という意味らしい。

その通り過ぎて反論できないこの名を考えたのは、もちろん彼の毒蛇閣下だ。因みにヴィアンカという名にも、この村ならではの少々物騒な謂われがあった。

ナナシは彼女とともに温泉御殿の経営者夫妻と養子縁組し、経営の手解きを受けている。とはいえ亭主も女将もまだまだ現役で、自分達がその後を継ぐのは随分先のことになるだろう。

「いやはや、アム……じゃなくて、ヴィアンカの選んだ相手が君みたいな柳腰の青年で本当に良かった。才気溢れる家族の中で、取り得が顔だけの私は肩身が狭くってねぇ。ヘタレ仲間ができて嬉しい限りだよ」

濡れた草叢を慎重に踏みしめ、こちらに下ってくる足音とともに、嬉々とした義父の言葉が耳に届く。

「……歓迎して頂けて有り難いです。皆様のお役に立てるかは分かりませんが、せめてヴィアンカの足を引っ張らないように気を付けます」

はっきりきっぱり役立たずと言われ、浮上したナナシの心は急降下する。

ここ一年の間に分かったことだが、レキサンドル王はすこぶる天然であり、その言動の全てに悪気はない。自己評価が低いにもかかわらず、一切自虐的にならないところは見習いたいものだ。

「何を言ってるんだい、ナナシ君。我々のような人間は唯一の武器である容姿を磨き上げ、妻に愛想を尽かされないように全力を尽くすべきなんだ。あんな逞しくも心根の優しい子は、この世に二人といないよ……あ、エレーデがいたな。この世に妻と娘二人だけだよ、うん。そうだ、ナナシ君。私とエレーデの馴れ初めはもう話したっけ？」

　一風変わった持論を熱弁した後、レキサンドルがそう尋ねてくる。

「ええ。前回来られた時に、微に入り細を穿つほど……」

「そうかい。じゃあ、おさらいだね！　あれは今でも十分若々しく美しいエレーデが、いっそ眩しいくらいに輝いていた頃のことだった」

　ナナシは言外に遠慮したが、レキサンドルはお構いなしに話し始める。

　相手が知っていようが知るまいが、ただ惚気たいだけらしい。ナナシには見えないけれど、蕩けるような笑みを浮かべていることが容易に想像できた。

「父が肋間神経痛持ちでね、湯治と視察を兼ねてデンボ村に来たんだ。正直なところ、温泉にも秘境にも興味がなかったが、女将に紹介されたエレーデを一目見た途端に恋に落ちてしまった。彼女も同じ気持ちで、夕食時に私の皿に媚薬を入れ、夜に閨へ忍んできてくれたのさ。最初は可憐な容姿に惹かれたんだが、犯罪的なまでの行動力にすっかり参ってしまったよ。障害をものともせずに王妃の座を勝ち取ってからも、良き妻、良き母として我らに害をなす不届きな輩達を、虫も殺さぬようなたおやかな手足で完膚なきまでズタズタに……愛のために戦うエレーデは、恐ろしいまでに美しいんだ！　逞しくも愛情深い彼女に愛された私は、本当に幸運な男だよ。だから、私は妻のお気に入りの容姿が衰えないよう、日々努力している。ほら、このキノコなんて、老化防止と滋養強壮の効果があるからよく食べている。君も美容のために食べた方がいい。慣れないうちは一口で半日寝込むし、調理方法を誤ると死ぬらしいけど、容姿が劣化して妻に捨てられるくらいなら死んだ方がマシだからね！　この安定の舌の痺れっ……効いれきらー」

熱の籠もった口調で妻への深い愛情を語ったレキサンドルは、件のキノコを生で齧ったようだ。即効性があるようで、既に呂律が回っていない。まるで酩酊状態に陥ったかのように、物の輪郭のはっきりしない世界でネズミ色がジグザグに揺れる。

「ほはっ、君もろーぞ！」

目の前まで迫ったネズミ色の義父は、そう言って毒々しい赤色の物体を鼻先に突きつけてきた。ドブ臭い臭いが漂ってきて、ナナシの口が自然と歪み、鼻の頭に皺が寄る。

恐らく、ベニデンボダケで違いないだろう。

秘境の名をほしいままにするこの村の名を冠するキノコは、不味いどころの話ではなかった。確か、ひと舐めで牛を数十回殺せるくらいに強い毒性があったはずだ。

毒薬も用法容量を守れば薬になることはあるが、レキサンドルの場合は調理法云々とは関係なく、彼自身に毒への耐性があるだけの気がする。

レキサンドルの息子、フリッカー王子も大概の毒では死なないと言っていた。ナナシはそれを聖獣使いの祖父からの遺伝だと思っていたが、この危険極まりない秘境で鍛えられた父親の遺伝である可能性も捨て切れない。何とも規格外な家族構成である。

即効性の猛毒を生食しておきながら、少々舌が痺れる程度で済むなどあり得ない。容姿以外は優れたところがないと自認するレキサンドルだったが、ナナシに言わせてもらえば、彼も十分に人並み外れている。

「……ららら？」

密かに戦慄するナナシの頭上で、レキサンドルは舌っ足らずな口調で呟いた。

ナナシが背中を預けるクヌギの木に手を掛けたようで、頭の上でギシッと幹が音を立てる。

「引っ掻いらみらいな、こえは……ツメらな」

次に発せられた台詞に、ナナシの心臓が跳ねる。

そんな、まさか、あり得ない……彼らの狩り場はもっと奥のはず。それにまだ日も高い。

そう思いながらも、上体を捩じったナナシは手袋を脱ぎ捨て、木の幹に素手を這わせる。褐色の指先が捉えたのは、鋭く抉られた三筋の爪痕だった。

「陛下っ！」

「父上らろ！」

血相を変えて飛び起きたナナシに、レキサンドルは痺れた舌で言い直しを要求してくる。

先程齧った毒キノコのせいで判断力が低下しているのか、この期に及んで何とも能天気な台詞である。クヌギの木に見つけた引っ掻き傷が、ある危険生物が残した縄張りの証だと気付いていないようだ。

「……っ、義父上（ちちうえ）！　拙（まず）いです、早くこの場を離れねばっ」

半（なか）ば怒鳴るように言い返した後、ナナシは手探りで義父の腕を掴んだが……

『グルルルッ……』

二人の背後から、低い唸（うな）り声が聞こえてきた。

弱った視覚の代わりに発達した嗅覚が、ムッとするような獣の臭（にお）いを捉（とら）える。大地を抉（えぐ）るような重い足音に悲鳴を上げる下草、ピリリと張りつめた空気も、彼らの縄張りに迷い込んだ自分達への激しい怒りを伝えてきた。

「クマーーーーーーーっ！」

一瞬にして喉（のど）がカラカラになり、ナナシは背後を振り返るどころか身じろぎ一つできない。

そんなナナシとは対照的に、毒キノコ片手にふらつくレキサンドルは、驚くほど良く通る一声を上げた。

そして、彼の声と同時に、背後の脅威が地を蹴った。

「義父上（ちちうえ）っ……！」

魔導の力も失った不自由な身体で、できることなど他にない。

せめて盾になろう……瞬きの間に腹を括ったナナシは、レキサンドルの胴体に抱きついた。

「ヴィアンカっ！」

「せいっ……！」

彼が決死の選択をした直後、二つの鋭い声とともに、誰かが文字通り風を切って駆けつけた。

見えない目を声の方へ向ければ、二対の弾丸の如き影が、熊らしき薄灰色の巨体を挟み撃ちにしていた。

『ギャヒンッ……！』

骨が砕けるような嫌な音と断末魔の咆哮が上がり、雷が落ちたように大きな地響きが起こる。振動から再び足を滑らせたナナシは、レキサンドル共々その場をゴロゴロと転がった。

「ぐえっ……」

まるでお約束のように義父の下敷きになり、ナナシは低く呻く。

そんな彼の耳を、鈴の音のような笑い声が擽った。

「うふふ、今夜は久々に熊鍋ね。せっかくの機会だから、貴女に捌き方を教えて差し上げるわ、ヴィアンカ。熊殺しの名を持つ貴女が熊鍋も作れないなんて、格好がつかないでしょう？」

「はぁ……それはいいけどお母様、ドレス破れてる」

「そんなものに構ってられますかっ、愛するお父様に呼ばれたのよ？　些細なことを気に掛けるよりも、もっと脚力を鍛えなさい。この程度の運動量で息が上がっていては、冬は越せなくてよ！

灰色熊なんて、デンボ山では雑魚と言っても過言ではないのだからっ！」

「……ゲゲール。この山の生態系、ゲラ異常なんだけど」

言葉遣いこそ上品だったが何とも空恐ろしい発言に、酒焼けしたはすっぱな声音が返す。

灰色熊から自分達を救ってくれた二対の弾丸は、逞しき貴婦人達だった。

暫し呼吸を忘れていたナナシの口から、ようやく安堵の溜め息が漏れる。

「エレーデっ、私の女神……素敵だ！」

逸早く立ち上がったレキサンドルが、うっとりとした声を上げて彼女らのもとへ駆けていく。

灰色熊の襲撃で文字通り毒気を抜かれたのか、既に毒を消化してしまったのか、その口調は平素のものに戻っていた。

彼女達が如何にして自分達の危機を察知したのか……その疑問の答えは、先程レキサンドルが上げた随分と良く通る声だった。思い返してみれば、あれは恐ろしい灰色熊を目の当たりにした悲鳴にしては、落ち着き過ぎていた。

あの声が人外めいた五感と身体能力を誇る王妃の耳に届き、彼女らは即座に自分達を救いに来てくれたのだろう。

「素人が不用意に山道を外れては危険だと、いつも口を酸っぱくして言ってるでしょう、あなた！　まだ本調子じゃないナナシさんまで連れてっ……まだ日が高いから灰色熊くらいで済んだけれど、この山には貴方なんて一呑みにできるゾベンガやウゴモンジャもいるんですからね！」

「本当に済まなかった、エレーデ。でも、足元を見てごらん……いろいろあってぶちまけてしまったけど、君の好物だろう？　せっかくの雨上がりだから、どうしても君に食べさせたくてね。今夜の熊鍋に入れよう」

「まあ、ヘボ豆！　素敵っ、愛してるわ！」

レキサンドルの短慮を厳しく叱責していた王妃だが、砂糖菓子のような声音で放たれた夫の一言に、甘く蕩けるような声で応える。

ゾベンガにウゴモンジャ……デンボ村固有の呼び名だろうが、灰色熊さえ雑魚扱いする王妃が危険だと語るそれらは、一体どんな危険生物なのだろう。

長閑な片田舎に潜む脅威に、仰向けに倒れたままナナシは戦慄を覚える。

「……あぁー、甘過ぎて砂吐きそう」

いつの間にかナナシの傍らにやってきていたもう一人の声が、呆れた様子で零した。

そちらに首を巡らせると、鮮やかな赤い色が見える。かつては身体中に貼りつけられた呪禁符で隠されていた、愛しい妻の豪奢な髪だ。

それは光や色だけしか認識できない目にも、とても美しく映り込む。

「ヴィアンカ」

「二人の世界に入っちゃったから、これからが長いわよ……怪我はない？」

鮮烈な赤に見入りながらその名を舌に乗せると、彼女はまだ草の上から立ち上がれないナナシにそう尋ねてくる。

「大丈夫……ですが、ちょっと腰が抜けたみたいで」

情けないとは思いながらも、ナナシは口元に苦笑いを刻んで正直に告白した。

死の危険が過ぎ去るまでほんの一瞬のことだったが、今更ながら地面についた指先は震え、足腰にも力が入らない。

「それが普通。この一年で薄々気付いたと思うけど、うちはお父様(テッシャン)もゲラ規格外よ。ナナシが無理に身体張らなくても、ちょっとやそっとじゃ死なないから」

ナナシの前にしゃがんだヴィアンカは、彼を責めることなく淡々と告げる。

レキサンドルのように叱責してくれないのも、言外に何も期待していないと言われているようで寂しい。

「いい？　今度から危なくなったら、ほっといて逃げること。あたし、まだ未亡人にはなりたくないんだから」

余程情けない顔をしていたらしく、溜め息交じりにワシャワシャと頭を撫でられる。彼女が介助以外の目的でナナシに触れてくることは少なく、一瞬胸が高鳴った。

けれど、まるで飼い犬のご機嫌を取っているようだと気付き、余計に虚しくなる。厄介かつ実力者な祖父と弟王子の強硬な反対を押し切り、それまでの自分を捨ててナナシと生きることを選んでくれたヴィアンカには、感謝してもし切れなかった。

水呪の姫として蔑まれてきた彼女の言動はとても辛辣だが、それは他人からの好意に慣れていないだけだ。毒舌に隠された心根は、誰よりも優しい。

そんな慈悲深い彼女だからこそ、ナナシを放ってはおけなかったのだろう。

自らに対する想いの八割は、きっと同情だ。彼女を救おうと命を賭したナナシへの罪悪感が、新雪の大地を穢す一歩目の足跡のように……清らかで美しいその心に拭い去れない影を落とし、蝕んだのだろう。

そして残りの二割は、ファーランドでやむを得ず取り込んだ番いの聖獣達の魂魄に、今もなお引きずられているせいに違いない。

あの日、ホレストルの凶刃に倒れたサージを前にして錯乱状態に陥ったアムリットは、ヒツジグサの精霊に完全に乗っ取られ、ヴェンダントに毒の雨を降らそうとしていた。ファーランドの泉底でヒツジグサの根茎に囚われていたアムリットの姿は、今でも悪夢に見る。

そんな彼女を救おうとしたはずが、逆に救われてしまったことも。

怒りに逆上したヒツジグサの精霊を、満身創痍のサージはアムリットの協力を仰いで封印した。

レディオルの魂魄が封じられたそれではなく、先に取り戻していた方の魔導石へと。

だが、傷付いた身体に聖獣と精霊という二つの魂を取り込むことはできなかった。そのため、ヒツジグサの精霊を封じた方の心臓石は、アムリットが取り込んでいる。

その後サージはレディオルの魂を宿した心臓石を媒介にして浄化の力を発動させ、ヴェンダント一帯の毒水を浄化したのだ。

アムリットが取り込んだ心臓石は、地上に戻ってから取り除くはずだった。けれど、魔導石を持たない魔術師であるアムリットの身体に、サージの心臓石が定着してしまい、取り除くことが二度と叶わなくなったのだ。

それは、恐らくイグナシスと交わした契約に関係する。

全ての片が付いた後、サージはその心臓石をアムリットに譲る予定だった。イグナシスとエグゼヴィアがそれを何らかの方法で、孫娘の精神波を抑えるように加工し、左手に埋め込むことになっていたのだ。

そうすれば、彼女は呪禁符なしでも力が暴走することなく生きることができるはずだと……俄かには信じられない話だが、きっと神に最も近い聖獣である雷龍ガングラーズの力ではないかと思っている。

サージの予想では、砂漠で行き倒れていたリーザを拾った時から、イグナシスの中には構想があったのだろう。

そして、自分に契約を持ち掛ける前に、既に心臓石はそのように加工されていた。そんな自らの見解を彼に告げたこともあるが、意味ありげな笑みで一蹴されてしまった。

何にしても、無関係なアムリットには、あまりに大き過ぎる代償を払わせてしまった。

サージも毒水のせいで視力を失ったが、レディオルの魂魄を封じた魔導石を完全に取り込んだお陰で辛くも生き残った。当初は全く見えなかったこの目が、辛うじて光や色の判別ができるまでに回復したのは奇跡に違いない。

他の感覚が視力を補うように発達したお陰で、介助がなくとも一人で出歩けるようにもなっていた。

聖獣と精霊の魂魄も、番いと共にあることで安定している。引き離せば再び哀しみに狂って暴走するかもしれない。

それゆえに、それぞれの魂を宿したアムリットとサージは、二人の意思に関係なく離れることができないのだ。

結婚を申し出たのは彼女の方が先で、聖獣達のことは関係なく自分の意思でそうしたいと言われた……が、今でも時折サージはその言葉を疑ってしまうことがある。

大国の威光を振り翳したヴェンダント王のサージに、祖国のためにと私心を殺して嫁いできた彼女のことだ。

呪禁符なしで自由に生きることができるようになっても、虐げられた生活に慣れっこになった彼女は、懲りずに自己犠牲精神を発揮しているに違いない。

「ヤチもねぇらっ！」

「痛っ……」

追憶と自己嫌悪の沼に沈み込んでいたサージ……いやナナシは、不意に頭皮に走った痛みで我に返った。

先程まで己の頭を撫で回していたヴィアンカことアムリットが、加減のない力で髪を引っ張ってきたのだ。少なくない本数が抜けたらしく、頭がヒリヒリと痛んだ。

「あぁーっ、いい加減腹立った！　こっちはとっくに腹括ってるのに、あんたはいつまで引きずってんの？」

涙目になっているナナシに、ヴィアンカは二度目の溜め息とともに吐き捨てる。

「まったく、くだらないことで悩んでんじゃない！　あんたときたらいつまで経っても敬語で、一向に手も出してこないんだからっ……！」

「いひゃひゃひゃっ……！」

そして、怒気と興奮から一層嗄れた声で言い放った彼女は、更にサージの頬っぺたを抓り上げてくる。

後半に果てしなく大胆なことを言われた気もするが、目だけでなく耳までおかしくなったのだろうか？

「自分を役立たずって言うのも、金輪際やめな。魔法も使えなくなって、目まで見えなくなったのに、ナナシは頑張ってるでしょ。指で文字が読めるようになってからは宿の帳簿付けだってできるようになったし、この先、経営を任せることに関して何も心配してないって、バッチャとシャッスンも認めてる。さっき身を挺してお父様を守ろうとしたのだって、気持ちはすごく嬉しかったけど、心臓が止まりそうだったんだから……まだ手が震えてる。馬鹿みたい」

続けられた台詞は更に予想外で、赤くなった頬を撫でる指先は言葉通り小刻みに震えていた。

先程までの乱雑な扱いは、この指先の震えを隠すためのものだったのだろうか……そう気付くと、胸の奥がジクリと熱くなる。

「ナナシ込みの今の生活が、あたしはゲラ幸せなんだから。あんたは黙って守られてな！」

「ヴィアンカ、私はっ……」

「……おや、雨かな？」

ダメ押しの一言を貰い、反射的に口を開いた彼だが、それに被せるようにレキサンドルが声を上げる。

次いで、冷たい水滴がナナシの頬を叩いた。

「あっ、急がないと！」

即座に反応したのはヴィアンカだ。

彼女はナナシの膝裏と脇の下に両手を差し込むと、勢いよく立ち上がる。

「えっ？　……ひゃあああっ！」

頭一つ背の低い妻から所謂（いわゆる）お姫様抱っこをされた彼は、素（す）っ頓狂（とんきょう）な悲鳴を上げた。

「足腰立たないんでしょ？　雨に濡れて、また寝込みたくなかったら黙ってて」

よろけることなく平然と立つ彼女の言葉は、正論だ。毒水の影響で虚弱体質になった自分は、気候の変化にまだ対応できなかった。

山の天候は変わり易く、ほんの小さな雨の粒が、瞬（またた）く間に質量を増していく。ナナシが風邪を引けば、必然的にヴィアンカが看病をすることになり、より一層迷惑をかけることになるのだ。

「あらあら、雨脚が強くなってきたわね。熊はお父様と私で運ぶから、二人とも先に宿へ戻りなさい」

「夫婦の共同作業だね、素敵だ……早くお行き、ヴィアンカ」

「ありがとう、お母様（ガガ）、お父様（テッシャン）。じゃあ、また後で！」

ナナシの虚弱体質を知る両親にも送り出され、ヴィアンカは彼を腕に抱いたまま濡れた斜面を駆け上がる。文字通り風のように駆け出した妻は、降り注ぐ雨粒よりも素早い。

自在に水を操（あやつ）る魔導の力を失っても、ヴィアンカの身体能力の高さは健在だ。この華奢（きゃしゃ）な手足のどこにこんな力を秘めているのか不思議でならなかったが、男性としては屈辱（くつじょく）的な扱いも、ナナシは前ほど気にならなくなった。

至近距離に迫ったヴィアンカの輪郭（りんかく）のない横顔を、そっと見つめる。

呪禁符（じゅきんふ）の下に隠れていた彼女の素顔は今、惜しげもなく晒（さら）されている。三つ編みにした豪奢（ごうしゃ）な赤毛と、同じく深紅に輝く瞳、父親譲（ゆず）りの抜けるように白い肌が、この距離でやっと薄ぼんやりと確認できた。

彼女はその心根同様に、とても美しい。

今までは罪悪感と僅（わず）かに残った男としての矜持（きょうじ）から、直視するのを避けていたのかもしれない。

レキサンドルが言ったように、この腕で守ることができなくとも、彼女の癒（い）やしになればいい。世間一般の夫婦とは正反対の関係だったが、それが今の自分に与えられた役割だ。

「……ヴィアンカっ、貴女を愛している……永遠に」

舌を噛まないように気を付けて、ナナシは自（みずか）らの想いを彼女の耳に吹き込む。

「……っ……言うのが一年遅い！」

一瞬だけ失速しかけたヴィアンカだが、そう憎まれ口を叩くと、更に走る速度を上げた。

振り落とされないように、ギュッと腕に力を込めたナナシには、目の前の耳朶（みみたぶ）が俄（にわ）かに色づいたように見える……ほんの僅（わず）かかもしれないが、想いは伝わっただろう。

恵みの雨は、いまだ降り止（や）まない。

番外編　指先に届いた君の想い

1

ふと肌寒さを覚えて、アムリットは目を覚ます。

突っ伏すようにしていた寝台から身体を起こすと、軽く羽織っていたショールが肩から滑り落ちた。文字の書き取りをしていて、そのまま寝落ちしてしまったらしい。

カーテンの隙間から茜色の夕日が差していたはずが、すっかり日が暮れていた。固まった身体を解すように伸びをして、アムリットは寝台の主を見遣る。脇机のランプの光に浮き上がる寝姿は、自分が寝入る前と何一つ変わらない。

ここは故郷フリーダイルの秘境、デンボ村。アムリットの母方の実家が営む温泉御殿に、二人は身を寄せていた。

両親である国王夫妻にお忍びで来てもらい、諸々の事実を初めて告げた時は、緊張したものだ。だが、向こうは薄々気付いていたらしく、何の問題なく受け入れられた。

ファーランドの底から生還したあの日以来、サージは一週間も眠ったままだ……泉の浄化とアムリットの安全を優先した彼は、いつかと同じように自分のことを後回しにした。

あのままヴェンダントにいれば、醜聞を隠すために治療も受けさせてもらえず殺されていた可能性が高い。そのため、イグナシスの発案でヒツジグサの精霊と刺し違えて死んだことにしていた。ヴェンダント側の発表では、命を賭して雨乞いの儀式に臨み、名誉ある死を遂げたことにされているらしい。アムリットともども聖人聖女として祀り上げられているそうだが、正直どうでもいい。縁が切れただけで十分だ。

フリッカーは、アムリットも死んだことにするのを最後まで渋っていた。姉と戸籍上の縁が切れるのが嫌だったらしい。

だが「水呪」ではなく、魔導石を持たない魔術師だったと説明するのも面倒だ。これまで散々差別してきた人々にその事実を受け入れられるとは思えなかったし、コロッと掌を返されてもそれはそれで納得がいかない。

それなら、サージと一から人生をやり直した方がずっといい。彼一人を異国の地に放り出すのも嫌だった。

しかし、ゲス下僕エイダンや、彼の異父姉ダラシア、元側仕えの少女達にまで事実を隠しているのは少々良心が咎めた。信用していないわけではなく、彼らの立場を危うくするような事実は知らない方が良いと思ったのだ。

いつか、真実を話せる時が来ることを祈っている。

「早く起きてよ、旦那様」

アムリットは眠るサージに向かって、独り言のように呼び掛ける。

ここでの身分は、海港国（かいこうこく）リゾナから亡命してきた若い夫婦ということになっていた。アムリットがヴィアンカ、サージがナナシと名乗っている。

かつてヴェンダントと同じ民族だったリゾナでは、彼（か）の国に負けず劣らず魔術師差別が横行している。リゾナ人でありながら魔導の力を持つナナシは、貧しい移民の娘であるヴィアンカとの結婚を機に、祖国を捨てる決心をした。

しかし、リゾナを出る前に酷（ひど）い暴行を受け、何とかこの温泉御殿に辿り着いたものの、そのまま寝込んでしまった。温泉御殿の亭主と女将（おかみ）は、不憫（ふびん）な身の上の二人に深く同情し、揃って養子に迎える決意をしたのだ。

貧しさゆえに満足な教育を受けていないヴィアンカは、後々温泉御殿の経営を引き継ぐために、二人から読み書きを教わっている……という筋書きだ。

家族会議で作り上げた筋書きだが、サージが目を覚ませばきっと驚くだろう。意識を失う前、彼は離婚する気満々だったのだから。

サージは何に対しても諦（あきら）めが早過ぎるのだ。

今回だって、その前だって、アムリットさえ助かればいいと思って、自分が生き残ることは考えもしない。とても気弱なのに、そんなところだけ酷（ひど）く頑固だった。

きっと今まで何一つ自分の思い通りにいかなかったせいで、自己評価が低いのだろう。自分が立たされた苦境に、アムリットまで巻き込みたくないという気持ちも分からなくはない……彼は臆病だけれど、それ以上に優しい人だから。

それでも、アムリットを愛していると言いながら、その想いを信じてくれない彼が歯痒い。

ヒツジグサの精霊が抱いていた、聖獣レディオルへの強い感情に影響されていると思っているらしいが、アムリットはそこまで流され易くはないのだ。身体の支配権こそ一時的に奪われていたが、精霊の支配下にあった時さえ雁字搦めの心でもがいていた。

アムリットが完全に我を忘れたのは、サージが死んだと思い込んだ時だけだ。その動揺につけ込まれ、フリッカー達が近くにいることさえ忘れてヴェンダントに……否、世界中に毒の雨を降らせようとしていた。それを止めてくれたのは、もちろんサージだ。

いつだって、彼は命を賭してアムリットを助けてくれる。

「……早く起きないと、襲うわよ」

彼の耳元に口を寄せると、アムリットは乙女にあるまじき台詞を囁いた。

祖母エグゼヴィアによると自分の両親は、お忍びで温泉御殿にやってきた父に一目惚れした母が、夜這いを仕掛けたことがきっかけで結ばれたらしい。思い余っての行動らしいが、薬まで盛ったというのだから用意周到だ。

人に吹聴して回れるような心温まる馴れ初めではないが、砂を吐くほど仲睦まじい二人を見ていると、きっかけなどどうでもよく思えてくる。

夜這いで彼が目覚めてくれるのなら、恥も外聞も捨ててやる。

目を覚まさないまま一週間ともなると、それくらいには切羽詰まってくる。女性も羨むほどの痩躯が、ここ暫くの間に一層痩せ細った気がした。

祖父母の話では、身体を蝕んでいた毒素は完全に抜けているそうだ。浄化の力を行使する前の段階で、ヒツジグサに締め上げられた傷も癒えている……つまり、問題は心なのだ。

アムリットを救えたことに満足して、心安らかに昇天する気満々らしい。

「……そんなのゲラ許さないんだから」

サージは生きて目の前にいるのに、独り言を呟くのはもううんざりだ。

「貴方が死んだら、あたしまた暴走するわよ……いいの？　精霊と聖獣の魂も、完全に消滅したわけじゃないんだから」

アムリットの中にはヒツジグサの精霊が、サージの中には聖獣レディオルの魂魄がまだ宿っている。サージが昏倒したまま命を繋げていられるのも、その存在のお陰だった。

あの日、二人はサージの持つ二つの魔導石を媒介にして、精霊と聖獣の魂魄をそれぞれの身体に取り込んでいる。互いに引き合う双子石の特性が幸いしたらしく、アムリット達が常に一緒にいることで一対の魂は安定しているのだ。

そして、アムリットとサージは魔導の力の全てを失っていた。二人の身体の中で生み出され、心臓石に蓄積されるそれを、聖獣達の魂魄が全て吸収してしまうのだ。それがイグナシス達聖獣使いのようにきちんと契約を結ばず、魂魄を取り込んだ代償らしい。

もし魔導の力がなければ、聖獣達は二人の魂を食い尽くし、再びこの身体を乗っ取ったかもしれない。自在に水を操る力は確かに便利だが、命には代えられなかった。

また、全てが終わった今だからこそ分かったことだが、ヒツジグサの精霊は決して強い精霊ではなかった。もともと聖獣に比べれば力の劣る精霊だが、ヒツジグサの精霊は特に顕著で……幼い頃のアムリットと同様に、己の力を制御できなかったのだ。

番いを奪った人間へ復讐するにも、その憎い人間を利用せざるを得なかった上、アムリットを媒介にした毒雲の製造にも命を賭していた。サージが浄化の力を行使した頃には、精霊からはほとんどの力が失われていたのである。

だから、アムリットはサージに気を取られている精霊の隙を衝くことができたのだ。

「よしっ、もう襲っちゃう！」

グルグル考え込んでいる自分に嫌気が差したアムリットは、勢いをつけるようにやや大きな声で宣言した。

そして、依然として眠り続けているサージの唇に自身のそれを押しつける。ついでに鼻も摘まんでやろうか、と悪戯心が芽生えたが、あまりに情緒に欠けると思い直した。

程よい弾力のある上唇と下唇を、己の唇でハムハムと食んでみる。かつて彼にされた時の記憶を頼りに、唇の隙間から舌も差し入れてみたが、きっちり閉じられた歯列がそれ以上の侵入を拒んでいた。

舌で拙(つたな)く突いてみても、貞操観念の強い生娘(きむすめ)の如(ごと)く防御が固い。

「……うーっ……」

だんだんと虚(むな)しくなったアムリットは、低く呻(うめ)いてサージの上から身を起こした。彼は依然として眠ったままだ。

いつかどこかで聞いたお伽噺(とぎばなし)……呪いで眠りに落ちたお姫様は、王子様の接吻(せっぷん)で目を覚ますのではなかっただろうか？

現実では、何もかも巧くいかない。

最早自分と彼は、王子様でもお姫様でもなかったけれど。

「……うーっ……」

込み上げてきた涙を振り切るように、再び低く唸(うな)る。

けれど、結局我慢し切れなかった雫(しずく)が、ポタポタとサージの上に落ちた。

巧くいかないから泣くなんて、酷(ひど)く子供じみている。アムリットは自(みずか)らの情けなさに、なけなしの理性で嗚咽(おえつ)を噛み殺そうとするが……

「えっ……？」

不意に濡れた頬を何かになぞられ、強く閉じていた瞳を見開く。涙で濡れた視界はぼやけていたが、頬の輪郭(りんかく)を確認するように触れるそれは、確かに褐色(かっしょく)の指だった。

次いで、長い息が彼の口から洩れる。

「……、……もしかして、泣いてますか？」

恐る恐るといった様子で尋ねてくるその声は、随分と掠れていた。

＊　＊　＊

泥のように深く沈んでいた意識の中へ、ふと響いてきた唸り声……ポタポタと降り注いできた雫の温かさに、サージは目を開けた。

辺りは酷く暗くて何も見えず、そろそろと伸ばした指先に弾力のある何かが触れる。確認するようになぞると、掌が湿っていく。

先程降り注いできたのは、これか……

「……、……もしかして、泣いてますか？」

呼び掛けた自分の声は、驚くほど嗄れていた。随分と長い間、眠っていた気がする。

「……っ……お、そいっ！」

ぼんやりと記憶を辿るサージに、責めるような声がぶつけられ、相手が首根っこに強く縋りついてくる。ギュウギュウと締め上げるその腕の温かさには、覚えがあった。

「……アムリットっ……？」

「他に誰がいるのよっ……」

恐る恐るの問い掛けに、拗ねたような返事は確かに彼女のものだったが、しかし……

「済みません、……暗くて何も見えないものですから」

そう謝罪すると、しがみついていた彼女が勢いよく身体を起こす。

「暗い？　……そりゃ、暗いけど……ちょっと待って、灯りをっ……」

ドタドタと騒々しく立ち上がった彼女は、ランプを取りに行ったようだ。

この真っ暗闇で慌てて怪我などしなければいいが……そう思っていると、アムリットはすぐに枕元へ戻ってきた。部屋の中は相変わらず墨をぶちまけたように暗いままだ。

手探りでは、ランプが探せなかったのだろうか？

「アムリット？」

「……もしかして、まだ見えないの？」

黙りこくってしまった彼女に尋ねると、硬い声音が戻ってきた。

カチャカチャとガラスが振動するような音がして、サージの鼻先をうっすらと香油の匂いが掠める。もしかしたら……

「部屋が暗いのではなくて、私が見えていないだけなのですね」

自分でも驚くほどに冷静だったが、アムリットの方はそうはいかなかった。

「うそ、そんなっ……」

まだ若干湿った声音が、引き攣れて震えている。

どこか絵空事のように思う自分よりも、彼女の方が余程衝撃を受けていた。

2

サージが目覚めた時、既に夜半を過ぎていたが、アムリットはすぐに祖母を呼んだ。

アムリットがヴェンダントで死んだことにした後、エグゼヴィアは王宮付き呪医の職を辞し、デンボ村に戻っていたのだ。温泉御殿のすぐ近くに居を構える彼女は、小さなこの村で医師の真似事をして生計を立てている。

一旦、漆国アイリスに戻ったイグナシスに代わり、今はエグゼヴィアがサージの主治医なのだ。

フナムシのような外套を纏った老婆の姿に戻り、サージの診察を行う彼女の姿を、アムリットは固唾を呑んで見守った。

「アタシは専門外ですが、確かに視力を失っていますねぇ。目は他の臓器と違って剥き出しですから、毒の影響をモロに受けたんでしょうよ」

一通り検査を終えたエグゼヴィアの台詞(せりふ)に、アムリットは出そうになった溜め息を噛み殺す。

一番辛いのはサージであって、自分ではないのだ。見えないと分かってはいるが、どうにも気まずくて、彼の方をそっと目だけで盗み見た。

ぼんやりと寝台の上に座る彼の顔は、著(いちじる)しく血色が悪い。焦点の合わない暗緑色の瞳が、何かを探すように宙を彷徨(さまよ)っていたが、アムリットの姿を捉(とら)えることはなかった。

「そんなガッカリした顔をしないでくださいな、お二人とも。命が助かり、意識が戻っただけでも随分と儲(もう)けものなんですから……あと三日ばかり目覚めるのが遅ければ、イグナシスの伝手(つて)でオルガイム門外不出の延命装置を密輸してもらうところでしたよ」

エグゼヴィアは幸運だと言うけれど、いきなり闇の中に放り出された人間に、すぐに現実を受け入れるのは無理だろう。

アムリットでさえ、これだけ落ち込んでいるのだ。そんなに明るい声音で言ってくれるな、と八つ当たりめいた気持ちが湧いてくる。

サージを支えるのは自分しかいないという使命感だけはあったが、掛ける言葉が見つからなかった。

「それに、希望が全くないわけじゃありません。サー……いえ、ナナシさんは全盲ではなく弱視ですから、矯正の道は残っていますよ」

「ホントにっ、バッチャ？」

彼女が発した言葉に、アムリットは即座に食いついた。

「ええ、ヴィアンカ。周囲の協力ももちろん大切ですが、一番は本人に努力する気があるかどうかですよ」

しっかりと頷いてくれたエグゼヴィアに、アムリットはホッと胸を撫で下ろす。

可能性が残されていると知って、それに縋らない理由はない。サージだって同じ気持ちのはずだ。

そう思ってアムリットが彼を見遣ると、予想に反して、見えない目をパチクリとさせていた。

「……どうしたの？」

「一つ、質問してもいいですか？」

訝しんだアムリットが尋ねると、彼は不可解そうな声音で問い返してくる。

「先程からお話に出てくる、ナナシやヴィアンカというのは一体なんなんですか？　あと、私が意識を失ってどれぐらい経つのでしょう……ファーランドの毒は、ヴェンダントは無事ですか？」

「……あっ」

矢継ぎ早に繰り出される疑問に、アムリットはまだ彼に事情を説明していなかったことを思い出す。サージの目が見えなくなっていたことが衝撃的過ぎて、彼への気遣いが完全に吹き飛んでいた。

「……ごめんなさい。あの、ナナ……じゃなくて、陛下はどこまで覚えてるんですか？」

アムリットは、慌てて以前の口調に戻して尋ねる。

デンボ村はフリーダイルの中でも、もっとも小規模な村である。それでも、魔導封じの結界が張られた城の離塔や、ヴェンダントの離宮に籠もっていた頃より、多くの人と接する生活を送っている。彼らの前で本名を口走らないよう細心の注意を払ううちに、新しい名の方が馴染んでしまった。

田舎の過疎村ではただでさえ余所者は目立つし、噂の的となるので気が抜けなかったのだ。

「ファーランドの底で貴女の協力を得て、レディオルの浄化の力を解放したところまでです」

緊張した声音で言ったサージの台詞は、おおよそ予想通りだった。

「陛下はちゃんと、毒の雨を降らせることを阻止できましたよ。ヴェンダントも無事です」

「……よかった。あの、それでヒッジグサの精霊はどうなりましたか？」

一旦ホッとした様子を見せた彼だが、すぐに別の懸案事項を口にする。アムリットは判断を仰ぐように祖母を見遣った。

病み上がりの上に視力も失ったサージは、今もっとも不安定な状態だ。そんな彼に更に追い打ちを掛けるような真実を告げていいものか……アムリットの中にはそんな迷いが生じていた。

「……真実を隠すのは、得策ではありません。アタシはそのせいで、かなり余計な遠回りをしましたからね」

説明を躊躇するアムリットに、エグゼヴィアは昔を思い起こしているような口調で言った。

アムリットの「水呪」の誤診やその他諸々のことで、祖母には後悔があるようだ。そして、アムリットにはそうなってほしくないと思っているのも伝わった。

決意を固めた彼女は、左手の甲を右手で擦りながら、サージに事実を告げる。

「ヒツジグサの精霊の魂の欠片が封じられた魔導石は、今も私の中にあります。私の魔導の力を制御する心臓石として、もう切り離すことはできなくなっているんです。精霊を眠らせ続けるために魔導の力が使われていて……あの、それでもう以前のように水を操ることもできなくなりました」

するると、血の気を失った彼の顔には、深い悔恨の色が浮かんだ。

「……私は貴女に取り返しのつかないことをしてしまった！」

「そんな風に言わないでください。ああしなければ、私も含む大勢の人が死んでいたんです……それに、先に暴走したのは私ですよ。最悪の事態になる前に正気に返って、命が助かっただけでも幸運でした。だから、陛下には感謝しています」

「しかしっ……！」

アムリットはなおも事実を突きつけるも、彼は納得がいかなそうに唇をきつく噛んでいた。

「そして、ここはフリーダイルです。ヴェンダントでは、きっと満足に治療も受けられなかったでしょうから。眠ったままの陛下を勝手に連れ出したことは謝りますが、どうしても助けたかったんです」

アムリットの口調が暗くなったことを察したらしく、彼は慌てて首を横に振る。

「私は貴女を責めているわけではないんですっ、断じて……しかし、そんなことをよく長老議会が許可しましたね」

「許可なんざ、取ってる暇があったと思います？」

エグゼヴィアがそんな横槍を挟んできた。

アムリットにしか見えていないが、老婆の見てくれと本来の若い声の取り合わせは、今更ながら異様だ。

「それは、まさかっ……！」

サージがギョッとして言葉を継ごうとしたその時、アムリットの背後の扉がけたたましく開かれる。

「はんらーっ、ゴテさん起きんさってらぁっ！」

そんな素っ頓狂なデンボ弁が、部屋の中に一際大きく響き渡った。

3

サージは激しく混乱していた。

「はわらぁっ、ゲラヌワンコぃゴテさんでねらぁー……ワラッ子がまっから楽しみえぬら！」

「うらうら、ゲラめぐくこさってら。店らあんばいらぁー」

「ゲスゲス！　いっず逝(い)ったんでも、もうまんねぇら」

「ゲラいぐるもんだらぁー……うがうがうが、ワラッ子、うがうがうが」

突如として部屋に乱入してきた二人の人物によって、至近距離で交わされ始めた会話が、単語の一つすら理解できないのだ。

声質から老女と老爺(ろうや)であることだけは分かるのだが、視力を失った今の彼には聴覚情報こそ全て……それなのに、肝心の言葉が理解できないのでは手も足も出なかった。

二人の声音は喜びに満ち溢れており、決して悪い感情は感じられないものの、下手なことは言えない。サージは寝台の上で、ただただ固まっていた。

「バッチャもシャッスンも、気が早過ぎ！　陛下が驚いてるでしょっ、ただでさえ今起きたばっかりなんだから……」

延々と続くかに思われた癖(くせ)の強い応酬に、アムリットが待ったを掛けてくれる。

ようやく理解できる言葉を耳にしてホッとするものの、「バッチャ」「シャッスン」という台詞(せりふ)に更なる驚愕(きょうがく)がサージを襲った。

アムリットがそう呼んでいた相手を、彼は知っている。

エグゼヴィアとイグナシスだ。

だが、彼らの声とは明らかに違っていた。ということは、目の前の賑(にぎ)やかしい老人達はアムリットの母方の祖父母だろう。いや、本当の祖父母はイグナシスとエグゼヴィアであるらしいが、エグゼヴィアの記憶操作により、この温泉御殿の老夫婦がフリーダイル王妃の両親、つまりアムリットの祖父母ということになっているという。

確かフリーダイル王妃の実家は彼(か)の国でも秘境と呼ばれる僻村で、国外でも有名な湯治場(とうじば)があることで知られていた。

そして、アムリットの祖父母が営(いとな)む温泉御殿は、自分のような半病人を匿(かくま)うにはもってこいの場所である。

突然の乱入には心臓が止まりそうになるくらい驚いたが、アムリットの縁者なら少なくともヴェンダントに密告される心配はない。自分と彼女の事情をどこまで知っているのかは、まだ分からないけれど。

「……んでら、腕べらしたヘボ豆スープ持ってらで」

「ゲスゲス、胃ぐあまいら」

「……あ、……それはありがとう」

再び口を開いた祖父母に、アムリットはおずおずと礼を言う。彼らから何かを受け取った様子が何となく知れた。それに、先程から鼻を刺激する匂いがする。どうやら食べ物の匂いのようだ。

一体どれくらい眠っていたのかはまだ聞いていないが、サージは猛烈に空腹を覚えた。

そして同時に、瀕死(ひんし)の動物の鳴き声のような腹の虫が鳴る。

「にびゃびゃびゃびゃっ……、がらいがらい！」

「腕っこさ、べこむべこんむ」

口にするより先に空腹を知られてしまったサージはたちまち赤面するが、アムリットの祖父母はそれを盛大に笑い飛ばす。

相変わらず何を言っているのか一切分からないが、豪快な笑い声に悪意は感じられなかった。目が見えないことで、脳が作り上げた希望的観測でないことを祈る。

「……もう行って。人が多いとナナシも疲れるから」

寝台の上で頭を抱えるサージに、アムリットが助け舟を出してくれた。

再び彼女が口にした「ナナシ」というのは、もしかしたらサージのことだろうか？

いくら長閑（のどか）な山陰の小国といえども、本名で入国できなかったことは想像に難（かた）くない。その一風変わった響きの名を、彼は己の仮称として胸に刻み込んだ。

「んにゃ、ヴィアンカ。なーが、よらすからー」

「よらすからぁー」

「分かってる、何かあったら真っ先に頼むから」

その後、アムリットと二言三言交わした後、母方の祖父母は部屋から出ていったようだ。

二人分の足音が完全に聞こえなくなるまで待っていると、サージの膝の上にトレーのようなものが置かれた。フワリと温かな湯気が頬に当たり、食欲をそそる匂いの正体が差し出されたことを悟る。

「これ、ヘボ豆のスープです。今は夜中だし、陛下は一週間眠り続けていたので、軽いものの方がいいだろうと思ってシャッス……いえ、祖父に作ってもらったんです。あの、出来上がったら自分で取りに行くつもりだったんですけど、気を利かせてくれたみたいで……驚かせて、ごめんなさい」

「……いえ、そんなっ……ありがとうございます」

サージは何とか動揺を抑え、感謝を舌に乗せる。

自分が思っていた以上に眠り続けていたことに、少なくない衝撃を受けていた。その間、彼女にもかなりの迷惑を掛けたはずだ。サージを人目に触れさせないように、身の回りの世話をしてくれたのはアムリットだろう。

いつ目覚めるとも知れない自分に、優しい彼女はとても心を痛めたはずだ。その頬が涙で濡れたことは、今日だけでなく何度もあったに違いない。

「じゃあ、アタシも今日のところは帰りますね。詳しい診察と諸々(もろもろ)の説明は、明日の朝させてもらいます……イグナシスにも、連絡しておかないと。目覚めたら、すぐ知らせろと言われてますからね」

「えっ……？」

「えっ……！」

それまで黙っていたエグゼヴィアが発した言葉に、サージとアムリットは同時に声を上げる。

「何か問題でもおありですか？」

「……いや、ないけど」

不思議そうに尋ねられて、アムリットが言い淀む。サージもエグゼヴィアを引き留める言葉は、何も思い浮かばなかった。

「じゃあ、失礼しますよ。おやすみなさい、ヴィアンカ、ナナシさん」

「……うん、おやすみなさい。バッチャ」

「……あああのっ、ありがとうございました！」

結局サージはアムリットの挨拶に続き、慌てて礼を述べることしかできなかった。

エグゼヴィアの足音が完全に遠ざかった後、サージはまずそのことを尋ねた。エグゼヴィアが、

「貴女はヴィアンカと名乗ることにしたのですか？」

アムリットに対してそう呼び掛けていたから。

そして、その後に続いた「ナナシ」というのが、自らの仮称なのだろう。

「そう、ガガ……お母様が考えてくれたんですけど、デンボ弁……この村の方言で『熊殺し』って意味があるんです」

「……どうして、わざわざそんな物騒な名前を？」

優しいアムリットには全く不釣り合いな名称に、サージは瞠目した。

「この村で余所者が生きていくなら、名前くらい強そうにしないとやっていけないって言われたもので……デンボ村の裏手の森には灰色熊や、他にもいろいろな危険生物が出ますから」

「だからって……いえ、ちょっと待ってください！　どうして王女である貴女がここで暮らすことになっているんですっ？　貴女は『水呪』ではなかったし、今後は呪禁符なしでも生活していけるはずだ。ヒツジグサの精霊の魂魄だって、イグナシス様と研究を続ければ、きっと取り除く方法も分かるはずです！」

　こんな秘境の村に定住するという彼女に、サージはつい声を荒らげた。

　もうこの目で見ることは叶わないかもしれないが、彼女はその心と同様にとても美しい人だ。これからはきっと王女として、何不自由ない生活が待っているはずなのに……

「もしかして、私のせいですか？」

「そんな言い方やめてくださいっ……ここで暮らすことは誰のせいでもなく、私自身の意思です！」

　自虐的になってしまったサージの台詞に、アムリットが強い口調で言い返してくる。

「貴女の意思？」

「眠っている間に勝手に決めたことについては、申し訳ないと思ってます……でも、私と陛下はもうこの村では移住してきた夫婦ということになっているんです！」

　あまりの爆弾発言に、サージは開いた口が塞がらなかった。

　肩を大きく震わせた自分に、アムリットはトレーをひっくり返すと思ったようで、膝の上に置いたままのそれに手を掛ける。そのままトレーを回収しようとする気配が、感触から伝わった。

サージが思わず「あっ！」と声を上げてしまうと、彼女は一瞬動きを止め、トレーを支えるだけに止める。

サージは顔から火が出そうになった。深刻な会話よりも食い気が勝った自分と、それをアムリットに気取られてしまったばつの悪さに。

「せっかく出来立てなのに、温かいうちに食べないともったいないです。お話はスープを飲んでからでも遅くないでしょう？」

サージが羞恥心に駆られている間にも、膝に乗ったトレーの上では、彼女がカチャカチャとカトラリーを扱う音がしていた。

「どうぞ、陛下」

そんな声とともに、気付いた時には鼻先に湯気とスープの匂いが立ち込めていた。アムリットが手ずからスープをすくって、スプーンを差し出してくれているのだ。

そうと理解した途端、サージの心と身体は完全に固まってしまった。

なんだ、これは……天国か？

ようやく動き出した思考も、完全に支離滅裂だ。暫く、理性的に考えることはできそうになかった。

好いた相手に甲斐甲斐しく世話をされ、嬉しくない男などいない……全ての理性が消し飛んだサージは、完全に舞い上がっていた。

「早く。冷めたら美味しくないですよ」

「はっ……はい！」

論理的思考を手放した彼は、アムリットの言葉に、反射的に口を開いてしまう。慎重に差し入れられたスプーンから、程よい温かさのスープが舌を伝って喉に流し込まれた。

控えめな味付けのそれを嚥下したサージは、温まった息をゆっくりと吐き出す。たった一口のスープによって、自分の身体が……周囲の空気がどれだけ冷えていたかにようやく気付いた。

常夏のヴェンダントにいては季節などあってないようなものだったが、エリアスルートは今、冬なのだ。久しぶりに覚えた肌寒さに、ここが祖国ではなくフリーダイルであると実感させられた。

喉の渇きと飢えが僅かながら満たされたことで、必要以上にささくれ立っていた心もゆるりと解れていく。

「お口に合いましたか？」

「はい、とても美味しいです」

「よかったです。私も好物ですから、気に入ってもらえて」

心配そうな問い掛けにサージが首肯すると、アムリットは嬉しそうに言った。

お世辞でなく実際に、今まで食べてきたどんな料理よりも美味しく感じられたのだ。

極力味付けを抑えたスープが、暫く空だった胃に優しかったからだろうか。

もしくは、愛する人に食べさせてもらえたことで、味まで一級品に感じられたのかもしれない。

正確な理由は何でもいい。今の自分にとって一番のご馳走であることには変わりなかった。

「じゃあ、もう一口」

そう言って差し出されたスプーンを、サージは躊躇うことなく迎え入れた。

4

サージが最後のひと口を嚥下するのを見届けたアムリットは、彼の膝の上からスープ皿のトレーを下げる。

目覚めたばかりでも、ちゃんと彼に食欲があったことにホッとした。少なくとも、意識のない相手を前に、後ろ暗い独り言を言うだけの時間は終わったのだ。

本当に些細なことだが、自らが差し出したスープを飲んでくれただけでも嬉しい。目が見えないからやむを得ないと割り切っているだけかもしれないが、従順にスプーンを口に含むサージの姿はアムリットに満足感を抱かせた。

今まで二人の間に、ここまで穏やかな時間が流れたことはなかったから。

だが、これからも彼と穏やかな時間を過ごしていけるかどうかは、今からする話に掛かっている。

空になったスープ皿のトレーを脇机の上に避けると、アムリットは枕元の椅子に腰掛けた。

「ご馳走様でした……その、手間を掛けさせて申し訳ありません」

「いえ、それでは先程の話の続きをしましょう」

頭を横に振ると、アムリットは心持ち居住まいを正した。

「貴女の名はヴィアンカ、私の名はナナシ……そして、ここフリーダイルのデンボ村では、他国から移住してきた夫婦ということになっているのですね？」

サージはスープを飲みながら、頭の中でアムリットの言葉やエグゼヴィア達との会話を整理していたのだろう。

「その通りです。さすがは陛下、呑み込みが早いですね。リゾナ生まれのナナシは、貧しい移民の妻ヴィアンカとともに、魔術師差別のないフリーダイルに亡命してきたことになっています。療養のために身を寄せた温泉御殿の亭主と女将が、身の上に同情してくれて、後継ぎもないので養子縁組することになった……これが、みんなで考えた設定です」

「みんなとは……具体的に、誰がこの密入国に関わっているんですか？」

「密入国って……まあ、厳密にはそうですけど」

一瞬ムッとしかける彼女だったが、確かに事実と相違ない。自分達が身分を偽ってフリーダイル入りしていることには、変わりがないのだから。

「私を除けば、祖父母達と両親と弟の七人です。入国審査や永住権取得なんかの問題は、フリッカーが手を回してくれましたから、ご心配なく。結局、最終的な承認を下すのはあの子ですから」

「……確かに、最高権力者である国王夫妻と、あの如才ないフリッカー王子の手に掛かれば、簡単だったでしょうね」

そう言った彼は、頭を押さえて溜め息を吐いた。スープを飲んだことで血色はやや戻っていたが、それでもまだ顔色は優れない。

彼は長い昏睡状態から目覚めたばかりなのに、少し無理をし過ぎているのではないだろうか？

「本調子ではないのですから、もう横になってください。顔色が悪いです」

「いや、しかし……」

「私では詳しく説明できないので、やっぱり明日バッチャに補足してもらいながら話した方がいいと思うんです。もう夜中ですし、英気を養っておきましょう？」

その提案に当初は躊躇っていたサージだが、最終的には首肯する。

もしかしたら、アムリットの負担も考えてくれたのかもしれない。

「では、また明日の朝……おやすみなさい」

「はい、おやすみなさい」

就寝の挨拶をしたアムリットは、空になったスープ皿のトレーを手に部屋から出た。

「やっぱり出てこられましたね」

扉のすぐ横の壁際にエグゼヴィアが立っていて、アムリットはスープ皿を取り落としそうになる。壁掛けランプの僅かな灯りに浮かび上がった姿は、お伽噺に出てくる死神さながらだった。

「バッ……、帰ったんじゃなかったの？」

トレーを握り直し、叫び出しそうだった声も何とか小さくして、アムリットは祖母に詰め寄る。

「どうせナナシさんと寝室が一緒だとは言い出せずに、出てこられると思ってましたからねぇ。我が家にお招きしようと思いまして……女将達に見つかったら、それこそちょっとした騒ぎになるでしょうから」

一切動じずに返されて、アムリットはぐうの音も出なかった。祖母には自分の考えなど全てお見通しだったようだ。

「ナナシさんを起こしちゃいけません。歩きながら話しましょう、ヴィアンカ」

エグゼヴィアはそう言って薄暗い廊下を歩き出し、それをアムリットは慌てて追い駆けた。外套の下から突き出た二本の触角のような三つ編みが、彼女の目線の高さでフラフラと揺れる。

ここは温泉御殿の従業員用居住区だ。経営者夫妻と養子縁組したアムリットとサージには、その中の一部屋が宛がわれていた。昏睡状態だったサージを看病するため、特例として、アムリットは業務をほぼ免除されている。

それでも、一昨日は昼間にヘボ豆の収穫を手伝った。村人達が大層感謝してくれたのが、逆に申し訳なかった。とやかく言ってきたり、ナナシを見舞おうと言い出したりすることもない彼らに、とても気を遣われているのが分かる。

従業員達は皆親切で気のいい人達だったが、それ以上に、やっと入った若い働き手を逃がすまいという意識が強いようだ。

過疎（かそ）が進んだデンボ村は、アムリットの両親以上の年代の者がほとんどで、体力のある若い人材はとても貴重だ。裏手の山には大型危険生物が生息し、温泉以外の娯楽がない辺鄙（へんぴ）な村では、若者達はすぐに出ていってしまうのだ。

村の主要収入源である温泉御殿の亭主夫妻も高齢で、彼らの一人娘も王妃となって村を出ている。村長を始めとする村人達は、自分達の死活問題でもあるこの後継者問題に、甚（いた）く頭を悩ませていた。

このまま誰も現れなければ温泉御殿は国有化され、国家の持ち物にされてしまう。そうなれば、周辺各国からヒル王子と呼ばれるフリッカー王子が、経営に乗り出してくることだろう。国王夫妻のお供で時折訪れる彼は、毎度勝手に帳簿に目を通しては、無駄な人材を省（はぶ）けだの、料金が安過ぎるだのと文句を付けていた。

彼はデンボ村をエリアスルートが誇る高級保養地にしたいらしいが、元々この地に住む村人達の気風にはそぐわない。今付いている顧客も、庶民から富裕層へと入れ替わってしまうだろう。

裏手の山に生息する危険動物達も討伐すると息巻いているが、村人達は彼らと共存してきたのだ。目先の利益のために、山の生態系を勝手に変えられては困る。食物連鎖は、一度狂えば二度と元には戻らない。養殖ものとは格段に味が違う野生のヘボ豆が、この先全く収穫できなくなる可能性だってあるのだ。

そんな中で現れたアムリット達は、それでなくとも村人達からの注目度が大きかった。経営者夫婦と養子縁組までしたことで、村を挙げての宴会が開かれたほどに……彼らに疑われるような素振りは見せられなかったし、心から喜んで受け入れてくれた人々を裏切りたくなかった。

それなのに、夫婦と名乗りながら寝室を分けるなんて、どう考えても怪し過ぎる。

しかも、サージは祖国リゾナで受けた虐待の後遺症で昏睡(こんすい)状態ということになっているのだ。病身の夫の枕元についてやらず、自分だけ別室で休むなんて、疑ってくれと言っているようなものだ。

「貴女方が夫婦だということは説明したんでしょう、ヴィアンカ？　だとしたら、別々の部屋で眠る方が不自然だと思いますがねぇ。今のナナシさんには見えないでしょうが、いずれ気付きますよ……あの部屋には寝台が二つあるってことに」

アムリットに自覚を持たせるため、逸早(いちはや)く二人を新しい名で呼び始めたエグゼヴィアが、咎(とが)めるように言ってくる。

「……っ……目覚めていきなり全部を受け入れてもらうのは無理よ、そんなに器用な人じゃないんだから」

アムリットは、咄嗟に首を横に振ってしまう。

全ては祖母の言う通りなのだが、どうしても言い訳せずにいられない。

サージは意識を取り戻したばかりだし、アムリットとて彼の側に付き添っていたい気持ちはあるのだ。

けれど、それでは自分のことが気になって、身も心も休まらないだろうと思った。万一、彼に身の危険が迫ったとしても、双子石を持つアムリットなら、その予兆を察知することができる。

そして、サージが眠っている間は疑問に思わなかったことが、彼が目を覚ました途端に気になるようになった。

自分達が夫婦となり、祖父母と養子縁組をしたと聞いて、彼は一切嬉しそうに見えなかったからだ。

仮初めとはいえ、かつてサージは一国の王だった。

更にはエリアスルート一の聖獣使いである、イグナシスからも後継者に望まれていた。ガルシュの魔導研究所にいた頃も研究者として認められていたらしく、その知識の深さはアムリットも知っている。

果たして、そんな身分も才能もある人物を片田舎に埋もれさせてしまってもいいのだろうか？

ヒツジグサの毒で身体が衰弱し、視力を失った今は、それでもいいかもしれない。けれど、エグゼヴィアは周囲の支えと本人の努力次第で、いずれサージの視力は戻ると言っていた。体力だって、安静にしているうちに回復するだろう。

そうなった時、彼は自分が眠っている間に勝手に決められたことを恨むかもしれない。アムリットに対する想いさえ、尋常ではない状況が作り出した幻想であり、平和な日々の中では色褪(いろあ)せてしまうかもしれない。

そんなことになれば、アムリットは耐えられる自信がない。

それならばいっそのこと、サージが本当に望む道を歩ませてあげるべきではないだろうか？　一緒にいて嫌われるくらいなら、遠く離れて思い出の中だけでも愛されている方がいい。

問題は自分達の双子石に封じられた精霊と聖獣の魂(たましい)だが、それはイグナシスに相談しよう。時間は掛かっても、解決策が見つかるかもしれない。

それに、研究熱心なサージが何とかする方法を自力で探し出す可能性だってある。

「また貴女は余計なことを考えているでしょう？　まったく、馬鹿馬鹿しい。お二人は両想いで、今や何の障害もないのに……昔のレキサンドル陛下もそうでしたが、ああいう気弱な手合いはこっちが尻を叩いてやったらいいんですよ」

アムリットが何を思い悩んでいるか察知したらしいエグゼヴィアは、呆れ返った様子で溜め息を吐(つ)く。

「バッチャ、あたしはガガじゃない。彼が病人じゃなくても、夜這(よば)いなんて巧くいきっこないから……実際、やってみたけど途中から分かんなくなっちゃっ……」

咄嗟に言い返しているうちに、うっかり余計なことを言いそうになって、アムリットは慌てて口を噤んだ。

しまった。拙いところで口が滑った。

「ちょっと待ってください、まさか本当に襲ったんですかっ……？」

「バッチャっ、声が大きいからっ……！」

ピョコピョコ跳ねるように前を行くフナムシがピタリと止まり、勢いよく振り返る。

鞭のように大きく撓った三つ編みを避けるため、アムリットは思わず後退った。

「さっさとソレを厨房に戻して、家に行きましょう！　何が悪かったか、詳しく聞かせてもらいますよ。我々の血筋で夜這いに失敗するなんて許されない話です。ヴィアンカ、貴女にはしっかり正しい作法を習得してもらわないとっ……！」

彼女の手からスープ皿のトレーをひったくるように取り上げると、エグゼヴィアは恐るべき速度で薄暗い廊下を突き進んでいく。

「……待ってて、どうせ無駄よ！」

一瞬呆気にとられたアムリットだが、すぐに我に返ってその背を追いかけた。

恐らく祖母の家に向かう道中から着いた後まで、初めての夜這いの首尾を根掘り葉掘り聞き出された上、説教をされることは目に見えている……まったく余計なことを言ってしまったと後悔するが、今となっては後の祭りだ。

きっと今夜は眠れない。

アムリットは、今から彼女の家に向かうのが億劫で堪らなかった。

5

こんなにうまい話があっていいものだろうか？

アムリットが去った後、サージは何も映さぬ瞳で天井を睨んでいた。

眠っている間に、愛しい人が自らの妻になっていた。

甲斐甲斐しく世話を焼いてくれる姿が見えないのは惜しいが、アムリットの無垢な美しさは今も脳裏に焼き付いている。きちんと見たのは本当に僅かな間のことだったけれど、それでも忘れようがない。

だが、目覚めたサージが視力を失っていると知ったアムリットは、明らかに動揺していた。優しい彼女は、自分を負担に思っても、きっと口には出さない。

エグゼヴィアがサージの視力は戻るだろうと言ったが、掛かる期間や回復の程度までは口にしなかった。自分はこれから、アムリットにどれだけ負担を強いることになるだろう。

目が見えないのでは、ただのお荷物だ。

魔導の力さえ失ってしまった。

サージは、虚空に向かって左腕を伸ばした。意識を集中させると手の甲がジワリと温かくなり、微かな力の脈動を感じる。

聖獣レディオルを宿したサージの心臓石。ヒツジグサを閉じ込めた対の石は、アムリットの手にあるのだ。ただでさえ絆の強い双子石は、封じられた番いの聖獣と精霊によって、一層深く引き合うようになってしまった。

「……アムリット」

独り言のように囁くと、闇の中で小さな乾いた音がする。咄嗟に音のした方へ顔を向けてしまったが、何も見えるわけはない。

アムリットが出ていってから、部屋には彼一人だった。息を詰めてそばだてた耳に、カサカサと紙擦れのような音だけが響く。それは丁度、かつてアムリットが全身に纏い、身じろぐ度にしていた呪禁符の音に似ていた。

そうこう考えていると、虚空に伸ばしたままだった掌に紙のようなものが触れる。反射的に両手で掴んだそれは、確かにただの紙だった。

無意識に何某かの力を使っていたのだろうか？

全ての力は奪われたはずなのに？

逸る鼓動を抑えながら、一連の音の正体らしい紙の表面を、サージは慎重に手でなぞった。

すると、何やら文字が書かれているような凹凸を指先に感じる。意識を集中させ、何度もなぞっていくうちに、自分でも驚くほど鋭敏に、書き込まれた文字の輪郭が感じ取れた。
聖獣を取り込んだ心臓石の思わぬ副作用か、五感の一つを失ったことで他の感覚が鋭くなっているのか……どんな理由でも、字が読めるのは有難い。
このまま暫く寝たきりで、アムリットの手を煩わせるだろうと思っていたサージは、僅かにホッとした。

『ミセツテイアれき二三四ねん、グノーシスのつき、一四のひ、バリユフアスのこく』

指先から伝わったのは、まるで子供の手習いのようにぎこちない文字だった。一行目に書かれているのは、日付らしい。サージが意識を失っていた時間が一週間だということから考えると、四日前の記録だろう。

『もじならいだしたから、きようからかく。ナナシまだおきない。ひげがながくなつてきたので、バツチヤにならつてナイフできつた。二かまえからうまくなつているとおもう。あしたヘボまめのとるをてつだうのひだから、ひるついてるができない。はやくおきてほしいだけど、あたしいないのときめさますのちよとこまり。　ヴイアンカ』

日付の後に続く拙い文章に、サージは見えない目を見張った。

これはアムリット……否、ヴィアンカの日記だ。『水呪』だと誤解されていた彼女は、満足に教育が受けられず、読み書きはほぼできないと言っていた。最初に書いてある通り、日記を付けがてら読み書きの勉強を始めたのだろう。

『ミセツテイアれき二二三四ねん、グノーシスのつき、一五の日、ライゼンデイアのこくナナシきよ日もおきなかつた。むらの人とヘボまめたくさんとつた。おいしいだから、たべるさせたい。やせた。はやくおきり。あし日シャツスン休むだから、スプならうしたい。ほんとは、バツチヤのがじよう手だけで。　ヴイアンカ』

『ミセツテイアれき二二三四ねん、グノーシスの月、一六の日、グノーシスのこくナナシはあし日おきないだろか。きの日よりやせた気ぐする。たべるしないから。スプはしつぱい、さとうとしお間ちがえり。うまくできないが、なさけない。もじもうまくならない。あたしナナシに一つもするできない。つらい。　ヴイアンカ』

『ミセツテイアれき二二三四ねん、グノーシスの月、一七の日、グノーシスのこくナナシはまたおきなかつた。ずつとやせてる。あたし何ができりか。昨日のスープ、口に入りたらびつくりでおきりかな？　やらないだけど。「？」おぼえた。ちよとだけもじうまくなつたかな？　ナナシにおしえてくれたら、もつとがんばりるだのに。でも何しなくていいから、あたしのよこにいるでいい。ただおきて。ヴイア』

昨日のことらしい記録は、署名の途中で途切れていた。

サージを看病する傍ら、村人の手伝いまでしているらしい彼女は、疲れて眠ってしまったのか……それとも、そこで丁度サージが目を覚ましたのか。

どの日の記録もサージのことばかりだ。切々と書かれた自らへの想いに触れ、サージの目には自然と涙が滲んでくる。

サージの目に触れることを想定せずに書かれているだろうこの日記には、アムリットの本心が記されている。小綺麗に言葉を整えられた恋文以上に、強く彼の心に響いた。

アムリットは自分の存在を、負担だなどと一切思っていないのだ。サージが側にいるだけでいいからと、とにかく回復を願ってくれていた。自分のために努力して、それが容易くいかないことを嘆いている。

アムリットの心を信じなかった自分が情けなかった。

愛しているなら身を引くべきだなんて、ただの綺麗事だ。

側にいられるように、彼女の唯一の望みを叶えるために努力しなくてどうする。

鬱々と悩んでいたのが嘘のように、強い決意を固めたサージは、日記を胸に抱いたまま目を閉じた。

明日の朝、彼女がやってきたら、面と向かってこの想いを伝えよう。

＊　＊　＊

明くる日の朝、サージの寝室は大人数の来客を迎え、恐ろしく騒がしかった。

「いやはや、まさか本当に目を覚ますとはな……想定外だ」

「同感です、イグナシスお祖父様。姉上には悪いですけど、十日と経たずに未亡人になると思ってましたよ。そうすれば、すぐにでもこの辺境の開発に乗り出せたのに……相変わらず空気が読めない人ですねぇ。これでデンボ村高級保養地化計画も当分お預けですね」

「はらはらっ、フー坊や！　バッチャの目ん黒いうちば、やらさいでらっす」

「ワレっ子らでも、くさんこっ！」

「分かってますって、イリヤお祖母様にガガットお祖父様。さすがに僕だって、お二人との約束は守りますよ。最初に出した条件の通り、後継者が見つかったからには、開発計画はご破算です……

あーっ、温泉御殿を国営化できたら、フリーダイルはもう少し潤ったんですけどね！」

「あたしが生きてる間も、絶対に開発なんてさせないわよ。この前、ヘボ豆の収穫に村の人達と山に入って、動物達との住み分けがどれだけ大事か分かったんだから。大体、灰色熊ならまだしも、平和ボケした城の兵隊達にゾベンガやウゴモンジャを倒せると思ってるのっ？」

「うわっ、まだ絶滅してなかったんですか！　あんなゲラヤバいのっ……」

「フリッカーっ、デンボ弁が出ていてよ！　それに絶滅なんて、されたら困るわ。お鍋に入れるといいお出汁が出るのよ、ゾベンガの蹄。飼い慣らせはしないけど、腕一本切ってもまた生えてくるし、とても経済的な生き物だわ」

「ああ、初めて君と対面した時に振る舞ってくれた鍋だね。あれは確かに後世に伝えていくべき料理だよ……あの甘美な舌の痺れ、忘れられないねぇ」

「食べ過ぎると、さすがの僕でも死にますけどね」

「おやまあ、レキサンドル陛下も随分と人間離れなさって……感無量です。我が娘の夫として、こんなに心強いことはないですよ」

「おい、そこは喜ぶところなのか？　まあ、毒殺の憂き目には遭わなさそうだが」

……という感じで、規格外な会話が頭の上を飛び交っている状況に、サージは一切口を挟めなかった。

大体、今朝訪ねてくるのはアムリットとエグゼヴィアだけではなかったのか？

温泉御殿の亭主と女将、そして、アムリットの両親である国王夫妻や、弟王子フリッカーはまだ分かる。

ただ、今は漆国ガルシュに戻っていたはずのイグナシスが、この場にいることが信じられない。

確かにエグゼヴィアは彼に連絡を取るとは言っていたが、フリーダイルは漆国ガルシュからそう易々と来られる距離ではない。

今朝方未明に連絡を受けたとして、あまりにも早過ぎるのだ。

「……それは、爺バカのなせる業ですかねぇ」

サージが目を白黒させていると、まるで心を読んだかのようにエグゼヴィアが言ってきた。

耳元に吐息が掛かるくらいの至近距離から言われ、彼はギクリと肩を震わせる。

「バッチャ、近い！　陛下が怯えてるじゃないっ……」

アムリットが即座に反応し、彼女を引き離してくれたようだ。

衣擦れらしき音とともに、耳元の気配が遠退いていく。

「まあ、ヴィアンカ。貴女、今までずっとナナシさんとお呼びしてたでしょう。早く慣れておかないと、咄嗟に口から出ると困るからって」

「そうだけど、目が覚めたばかりの陛下は混乱すると思って……」

エレーデ王妃に指摘され、アムリットは僅かに言い淀んだ。

「いえ、これから私も慣れないといけないので、そう呼んでもらえれば……私にも、これから貴女のことはヴィアンカと呼ばせてください」

聴覚を頼りに、アムリット……否、ヴィアンカの声がした方向に顔を傾け、サージ改めナナシはそう告げる。

「……あのっ、……いいんですか？」

「何がでしょう？」

おずおずと問い掛けてくる彼女に、ナナシは小首を傾げる。目が見えない分、その声に含まれている思いつめたような響きが気に掛かった。

「ここで私と一緒に暮らすことです」

「はっ……？」

躊躇いがちに告げられた台詞に、ナナシは意味が分からず目を瞬かせる。

「今は目が見えませんが、いずれ視力が戻れば何だってできるじゃないですか……無理矢理就かされていた王位からも、もう解放されたわけですから。本当はガルシュの魔導研究所に戻って研究を続けるか、シャッスンの下で聖獣使いの修行がしたいんじゃないかと思って」

「はあっ？」

一気に捲し立てたヴィアンカに、素っ頓狂な声を発したのは、彼ではなくイグナシスだった。

「待て待て待て待てっ、ヴィーちゃん。確かに、俺はこいつを弟子にしたいと思ってた時期もある。

それは認める。だが、もう昔のことだ。俺はこの一週間で、もう何人か新しい候補を見つけてるんだ。こいつが目覚めたと同時にヴィーちゃんも目が覚めて、ウザくなる気持ちは大いに分かるが、今更こっちに押しつけられても困る」

歯に衣着せない言葉の数々は、ナナシの胸を盛大に抉った。

特に、最後の言葉は到底聞き捨てられるものではない。アムリットの恋文のような日記に感動し、固めたはずの決意が一瞬揺らぎそうになったが……

「陛下っ……！」

まだ全力の出せない両手に力を込めて、寝台の上に上半身を起こそうとした彼の肩を、ヴィアンカのものらしい手が支えてくれる。

その手の上に自らのそれを重ねると、ヴィアンカが小さくピクリと震えた。彼女の手は温かく、とても華奢だった。

「どうかナナシと呼んでください、ヴィアンカ。今の私には、貴女の側にいること以上の幸せはあり得ませんよ。命を救われた恩義や、後ろめたさについてはもう言いません。貴女を愛しているから……この想いだけは、私が今も持ち得ている唯一の真実です」

想いを込めて愛を囁くと、掌を通してヴィアンカの緊張が伝わってくる。

「……ナナシっ……」

涙混じりの声でそう言ったきり、彼女は黙り込んでしまう。触れ合った場所から小刻みな震えを感じた。

きっとそれは、何よりの答えだ。

自ら（みずか）の魅力にちっとも気付かない、疑り深い彼女だが、今度こそナナシの想いが通じたに違いない。

「……まあまあまあっ、何よ何よ……何て素敵なの？　お母様達から二人の様子が怪しいって聞かされてたから、わたくし、全力で背中を押そうと思っていたのよっ？　そんな心配まったくなかったじゃないの……素晴らしいこと！　婚礼はいつにしましょうっ……ね、あなた？」

シンと静まり返っていた部屋の中に、王妃の興奮し切った声が響き渡る。

「ナナシ君が起き上がれるようになって、杖無しでも歩けるようになってからだよ……ダラダラしてしまわないように、目標を設定しよう。半年後なんてどうだろう？　その頃なら大きな国事もないし、我々が一日城を抜けても大丈夫だろう。それでいいかな、ナナシ君？」

「半年後といったら、グラミスの月ね。気候もいい時季だし、素晴らしいわ！　そうと決まったら、ドレスを用意しなくてはっ！」

ナナシやヴィアンカが口を挟む猶予（ゆうよ）もなく、トントン拍子に予定が組まれていった。

「ちょっと待って！　あたし達そんな目立つわけにはっ……」

慌ててヴィアンカが断りを入れようとしたが……

「ヴィアンカ、何も城を挙げて盛大になんて言ってないでしょ？　デンボ村で挙げればいいわ、私達は賓客として出席するから。ガガットお父様達の養子になるということは、私の妹と弟になることでもあるのよ？　ドレスを用意するのは親族の務めだし、何ら不自然ではないわ」

「ちょっと待て、エレーデ。俺らにも一枚噛ませろ。お前達の時は存在さえ知らされず、何もできなかったんだ。せめてヴィーちゃんには、何かしてやりたい」

「はらはら、わーも！」

「ゲラましこいべべら、縫わっしょらい」

「ああ、それは名案。イリヤは器用ですからねぇ」

エレーデは反論のしようのない言葉をヴィアンカに返し、そこに四人の祖父母までが喧々囂々参戦してくる。

「……いっそ、やらなきゃいいんじゃないですかね。僕はまだ何も認めていませんよ」

盛り上がる両親と祖父母に、果敢にも反対意見を出してくれたのはフリッカーだ。

だがしかし、苦虫を噛み潰したようなその声と、見えなくても睨みつけられていると分かる恐るべき眼圧に、ナナシの心臓は縮み上がった。

「……ごめん、ナナシ。あたしじゃ、もうガガ達のこの勢いは止められないかも」

傍らのヴィアンカが耳打ちしてくる。

まだ握ったままだった手を、申し訳なさそうにキュッと握り返してくる彼女に、縮み上がった心臓が別の意味で鼓動を速めた。既に敬語ではなくなったヴィアンカの言葉から、本当に自らを受け入れてくれたのだと実感する。

「頑張ります……誰のためでもなく、貴女のために」

彼女が見つめてくれていると信じて、ナナシは本当に久しぶりに心からの笑みを浮かべた。

6

その日は、朝早くから雲一つない晴天だった。

山の天候は変わり易いので完全に信用はできないが、教会の窓から見える範囲に雲はない。少なくとも半日は持つだろう。

村の山師(やまし)達に教えられた天気の読み方が自然と頭に浮かび、ヴィアンカは小さく微笑んだ。

「思い出し笑いですか、ヴィアンカ？　……イヤらしい」

「なっ、バッチャ！　そんなんじゃないって……！」

からかうような笑いを含んだエグゼヴィアの言葉に、ヴィアンカは頬を赤くして言い返した。

「はいはい、そういうことにしておきましょう。もう大口を開けないでくださいよ、せっかく綺麗に引いた口紅が崩れます」

「……本当に違うのに」

言い返せない状況を知りながら揶揄してくる祖母は、本当にずるいと思う。

半年前のあの日、サージに夜這い紛いのことを仕掛けて失敗に終わった苦い思い出を、エグゼヴィアは事あるごとに持ち出してくるのだ。ヴィアンカは忘れようと努力しているのに、本当に酷い話だ。

それにしても、わざわざ婚礼当日の朝まで話題に上げなくてもいいだろうに。

「そんな顔をしないの、ヴィアンカ。可愛らしいお顔が台無しよ？　それにしても、イリヤお母様の手は魔法の手ね！　本当に素敵なドレス……ヴィアンカにもピッタリよ」

「にびゃびゃびゃびゃっ！　あげっつらいもでぃやーんよら」

不貞腐れる彼女に、反対側からエレーデと母方の祖母イリヤが口々に言ってきた。

ヴィアンカは今まで直視を避けていた正面の姿見を恐る恐る見つめる。

肩は剥き出しで、胸元も大きく開いた深紅のドレスの図案をエグゼヴィアから見せられた時、ヴィアンカは絶対に着こなせないと泣き言を吐いた。

だが、これは亡きガルシュ王妃アムリット……つまり、ヴィアンカにとっては高祖母にあたる人が、孫のエグゼヴィアに贈ったドレスと全く同じ造形なのだ。心から愛した人と結ばれる際に身に纏うようにと贈られたそうだ。

自分は果たすことができなかった、と寂しげに笑う祖母を見たら、受け入れないわけにはいかない。高祖母から貰ったアムリットという名が使えなくなったことへの引け目もあった。

「……化粧ってっ、……コルセットもホントすごい」

姿見から見返してくる自分に、ヴィアンカは率直な感想を漏らした。

普段は祖父や他の山師仲間達と野山に分け入っているため、化粧一つしない。ここ半年で生白かった肌は、随分焼けていた。だが、真珠粉という貴族ご用達の高級化粧品をふんだんにはたかれ、それが健康的な白さを与えてくれていたのだ。

人を食ったようになっているかと思った唇も、程良い赤さで我ながら瑞々しかった。

何よりも驚いたのは全身の曲線美だ。絶壁とまでは言わないが、筋肉質で柔らかさに欠ける胸元が、祖母達と母の三人がかりで締め上げたコルセットのお陰で、十分な胸と括れができている、
あれから半年経って、ナナシは杖無しで移動できるようになった。その目も光や色をうっすら感知するようになっていたものの、細かい造形は分からない。

だから、美しく装ってもあまり意味はないのではないかと思っていた。でも、これだけ変身できれば気分が高揚する。化粧は相手を喜ばせるだけでなく、自らの自信も引き出すのだという女性陣の言葉を、今になってようやく理解した。

今この瞬間を切り取って、残しておけたらいいのに……いつか、ナナシに見てもらえるように。

最早彼の愛を疑いはしないが、それでもヴィアンカは残念に思う。

「何を猫背になっているの！　胸を張りなさい、胸をっ……いつだって貴女はナナシさんの一番よ。ナナシさんの中では、誰よりも美しいんだから！」

「痛っ……！」

パシリという小気味よい音を立てて背中を叩かれ、ヴィアンカは恨めしそうな視線を母に送る。

言われた台詞は感動的だったが、元山師である彼女の掌打で全てが吹き飛んでしまった。もしかしたら、背中も赤くなっているのではないだろうか？

「大丈夫よ、赤いショールで見えないわ。それでなくともナナシさんには分からないでしょ！　不幸中の幸いね」

発破を掛けてくれていると理解はできるが、どうしても複雑な思いが残った。

「本来は逆ですが、そろそろ花婿さんをお迎えに上がりましょうか？」

窓の外を見ていたエグゼヴィアが声を掛けてくる。確かに話し込んでいるうちに、随分と陽が高くなっていた。

「ワクワクするわねぇ。お父様ほどではないでしょうけど、ナナシさんにもきっと似合うわ……温泉御殿に現れたあの御姿に、わたくしは一目惚れしたのよ」

うっとりした様子で、エレーデも惚気てくる。

ヴィアンカのドレスには、エグゼヴィアとイグナシスの意見が採用された。

だから、ナナシの衣装は絶対に自分達が決めると張り切った結果、両親の初対面時の衣装に決まったのだ。この温泉御殿で結ばれた縁なので、ガガットとイリヤも賛同した。

そして、式当日までその衣装は、ヴィアンカには秘密にされている。エレーデが味わった衝撃を、自分にも味わえというのである。

彼の容姿が整っていることなんて、初めて会った瞬間から知っているのに。

男の彼は化粧もしないのだから、普段と服装が違ったからって、そこまでの驚きはないはずだ。

ヴェンダント国王として仰々しい長衣やガトラに辟易していたナナシは、動き易いフリーダイルの平装に喜んでいた。

そんな彼に何を着ても似合うな、と感心したものの、正直衝撃というほどではない。

「ヴィアンカは色恋に疎（うと）いから、そんな浅い考えしかできないのですよ。晴れの舞台になると、責任感が男の顔つきまで変えるんですから」

「ゲスゲスっ！」

無意識に胡乱（うろん）な顔をしていたヴィアンカを、祖母二人が窘（たしな）めるように声を上げる。

「……まあ、確かに見慣れたテッシャンよりも、新鮮だとは思うけど」

でも、顔立ちはナナシの方が整っているから。

そんな自（みずか）らの意見は、エレーデのレキサンドルへの深い愛情ゆえの暴走を防ぐためにも、黙っておくことにした。

＊　＊　＊

ヴィアンカとナナシの婚礼は、デンボ村にある唯一の教会で執り行われることになった。内々でやると国王が御触れを出したため、参列者は親族以外には村人達だけだ。それでも教会の敷地を越えて、向こう三軒分くらいのところまでが参列者で埋まっている。立って歩ける者は皆集まっているのだから、仕方がないと言えた。

二人がヴェンダントで婚姻を結んだ時は、長老議会の議員達に見守られ、書類に署名するだけという簡素さだったので、正直今回の方が緊張する。いくら来賓が半年の間にすっかり顔見知りになり、気心が知れている人ばかりであっても。

これは嫌々臨んだ政略結婚ではなく、心から添いたいと願った二人の宣誓式なのだから。

この扉の先には、愛した人がいる。自分が訪れるのを、静かに待っているのだ。

「その顔っ……反則ですよ」

背中から苦虫を噛み潰したような声が上がり、丁度扉をノックしようとしていたヴィアンカは文字通り飛び上がった。

「フリッカーっ……？」

振り返った先にいたのは、一張羅である王族の正装に身を包んだ弟だった。恨めしそうなその顔は、何と涙目になっている。

「えっ、え……何で？　式が始まる前に花嫁は、親族でも異性には会っちゃダメだって……」

「どうしても納得いかなかったんで、姉上を掻っ攫って逃げようと画策してたんです。お祖父様達も僕が席を外しても知らんぷりだし……くそっ、こういうことか！」

　憎々しげに吐き捨てるフリッカーに、ヴィアンカは仰天する。

　ヴェンダントから戻って以来、自分に対する斜め上の執着を隠さなくなった弟が、そこまで思いつめていたとは思わなかったのだ。

「……一緒になんて、逃げないわよ？」

「分かってますよ。そんな幸せそうな顔した姉上、邪魔できるはずないじゃないですか……僕だって、不幸にしたいわけじゃないんですから」

　更に続けられた言葉に、今度は胸が詰まる。

「フリッカーっ……」

「泣かないでくださいよ！　同情されてるみたいで気分悪いですし、化粧が崩れたら母上達にどれだけ怒られるかっ……心底不本意ですが、どうか誰よりも幸せになってください。あと、姉上を泣かしたりしたらウゴモンジャの餌（えさ）にしてやるって、あの人畜無害（ナナシ）に言っといてください。じゃっ、僕はバレないうちに行きますから！」

　いつものように言いたいことだけ言うと、フリッカーは豆台風のように廊下の奥へと走り去っていった。

　いつまで経ってもナナシに対して冷淡で、ヴィアンカに対する小言も情け容赦がない。そんな天邪鬼（あまのじゃく）な弟の本心に、今日初めて触れた気がする。

「水呪」だと思われ、一つの村を湖に沈める過ちを犯したせいもあって、自分はフリッカーにとって素直に慕うことのできない姉だった。そのせいで、幼い彼の心を歪ませてしまったのかと心配していたが、芯の部分は真っ直ぐなままなのだ。

「ありがとう、フリッカー。絶対に幸せになる……あたしだけじゃなく、ナナシも幸せにしてみせるから」

彼の姿が消えた廊下の突き当たりに向かって、ヴィアンカは決意をその舌に乗せた。

そして、弾みをつけて踵を返すと、目の前の扉を今度こそノックする。

「……どうぞ」

部屋の中からは、僅かに緊張した声が返ってきた。

大きく一つ深呼吸をすると、ヴィアンカは扉を開いてその中に入る。中央の一人掛けの椅子に、彼の人物はこちらに背を向けるように座っていた。

白いマントを肩に纏っているため、ヴィアンカからは衣装のほとんどが隠れて見えない。

「……話し声が聞こえた気がしたのですが、何か問題でもありましたか？」

父から贈られた黒檀の杖を支えに立ち上がったナナシは、そう言いながらゆっくりと彼女を振り返った。

ヴィアンカは正面を向いた彼を一目見た瞬間、その場に立ち尽くしてしまう。

「ヴィアンカ？」

「……っ……何でも、ない」

訝(いぶか)しげな呼び掛けにも、掠れた声で辛(かろ)うじて答えることしかできなかった。

フリッカーの言葉を真似するわけではないが、こんなのは反則だ。

金の縁取りのある立ち襟(えり)の黒装は、彼の暗緑色の髪と目の色にとても映えていた。滑(なめ)らかな黒い生地には見覚えがある。祖父と山師(やまし)仲間が一月前、分け入った山で仕留めてきたウゴモンジャの皮を丁寧に鞣(なめ)したものだろう。

皮肉にもフリッカーが彼を餌(えさ)にすると言った裏山の王者を、ナナシは身に纏(まと)っているわけだ。濡れ光るような礼装が美しいのはもちろんだが、ヴィアンカが目を奪われたのは、もちろんそれだけではない。

晴れの舞台を迎えた男は、顔つきが変わる……エグゼヴィアの台詞(せりふ)が脳内で木霊(こだま)する。

優柔不断で周囲に流され、卑屈な笑い方しかできなかった彼は、もうそこにはいなかった。光の戻り掛けた双眸(そうぼう)には、アムリットへの深い愛情が溢れている。

「……ダメ、……こんなの、卑怯」

「ヴィアンカ？　どうして戸口に立ったままなんです？」

口の中で独り言(ご)ちる彼女に、杖の柄を椅子に引っ掛けたナナシがゆっくりと……だがしっかりと

した歩みで近付いてくる。ここ半年の努力で視力以外の感覚が著しく発達した彼は、ゆっくりとではあるが、杖無しでも障害物を避けて歩けるようにまで回復していた。

取り戻した心臓石と、そこに封じられた聖獣の力が作用しているのではないかと、ナナシは言っていた。しかし、ヴィアンカは彼の努力なくしては成し遂げられなかったと思っている。

目の前まで来た彼は、本当に麗しかった。

ヴェンダントでの初対面時は、えらい美形だなと客観的に判断するだけだったが、自分の想いを自覚した後では、その破壊力が違う。

「……ごめんっ、無理」

「どうして謝るんです？　無理って……私は貴女に何かしましたか？」

咄嗟に口を衝いた謝罪に、ナナシの表情が硬くなった。このままでは誤解されてしまう。

「……違うっ、ナナシがカッコ良過ぎて直視できないの！」

焦ったヴィアンカは、半ば叫ぶように告白した。

もっと他にも言い方があっただろうに……自らの語彙力のなさと羞恥心から、恐るべき勢いで熱が集まってきて、反射的に顔を伏せた。

「……それは、すごく……嬉しい」

ナナシからもしどろもどろの言葉が返ってくる。

意味不明な叫び声を上げながら、床の上を転がり回りたい衝動に駆られた。恥の上塗りにしかならないので、ギリギリのところで踏み止まったが。

「……あの、ヴィアンカ。貴女の顔も見せてください」

ナナシからそう言われても、顔を横に振ることしかできなかった。

彼に会う前は、自らの出来栄えに満足を覚えていたヴィアンカだが、今となってはそんな風には思えない。

格が違い過ぎる。むしろ、はっきりと見えなくて良かったとさえ思った。

「ヴィアンカ、お願いですから。今日のこの日を、貴女への想いと一緒に記憶させてください……この手に」

剥き出しの肩に手を添えられ、ビクリと身体を震わせる。

「……でも、化粧してるから。ガガ達に怒られる」

「少しだけ。崩すほどは触れません。ドレスも美しい赤ですね、貴女の瞳には敵わないが……手触りもいい。ホリドゥラ製の生地の手触りに似ていますが、違いますか？」

言い訳めいたことを口にしたヴィアンカにも、彼は諦めなかった。

肩から腕に這わせた手がドレスの袖の生地に触れて、そこから読み取った情報を舌に乗せる。

必死に視覚を補おうと努力したナナシの手は、彼を知る人々の間では第二の目と呼ばれるほどに触覚が研ぎ澄まされていた。僅かに分かる色とその手に触れた感触から、ナナシは頭の中で組み立て、視覚化することができるようになっていたのだ。

周りにあるものに手当たり次第に触れていると思っていたら、驚くべき努力とその成果を聞かされて、ヴィアンカは舌を巻いていた。

「……駄目ですか？　私にとって、貴女が美しくないということはあり得ないんですが」

自らの不安を汲み取ったような台詞と、とびきり綺麗な顔が視界いっぱいに広がる。ギリギリまで近づいてきたナナシは、どうにかヴィアンカの顔を見ようとしていた。

それでも、彼は無理にその手を顔に近付けようとはしない。いつだって、自分が嫌がることはしないのだ。

「……分かった。触って」

こんな顔で頼まれたら、嫌だなんて言えない。

腹を括ったヴィアンカは、ナナシが触れ易いよう若干後ろに首を反らした。

「ありがとうございます、ヴィアンカ」

至近距離で花が開いたような笑顔が見返してくる。

本当に美形という奴は卑怯だ、と心の中で溜め息を吐いた。

目の前に翳された手が、羽根で撫でるような優しさで額に触れてくる。形を確かめるように、じっくりと輪郭に沿って頬をなぞる。化粧を崩すことを懸念しているのか、いつもは両手で触れるのが、今日は右手だけだった。

こそばゆい。

身を捩じって逃げ出しそうになるのを、ヴィアンカは奥歯を噛み締めて堪えた。

肌を通して、数日前には感じなかった指の腹のささくれを感じる。ヴィアンカが見ていない間に、怪我でもしたのだろうか？

そう言えば、少し前にガガットと一緒に工具箱を覗き込んでいた。触れて形を確かめる彼だから、鋭い金属工具の先で指を傷付けたのかもしれない。

「……唇に触れてしまったら拙いんでしょうね」

「それはさすがに……」

ヴィアンカが眉をハの字にして否を告げると、ナナシは顎に触れていた手を引いた。

褐色の指先が離れていくのが名残惜しく思えてしまう。彼はいつも、本当に優しくヴィアンカに触れるから。

反らしていた首を元に戻すと、一度も触れられていない首筋に何かの感触がある。咄嗟に手をやると、細い革紐らしきものが首から下がっているのを感じた。

「え……？」

「ヴィアンカ、それは私からの贈り物です」

訳が分からず声を上げたヴィアンカに、ナナシが嬉しそうに言ってくる。

咄嗟に胸元に目を落とすと、繊細な刺繍が施されたドレスの胸元で、身に付けた覚えのない青い輝石が輝いていた。オーバルな石の周囲には銀色の針金が丁寧に巻かれ、天辺で作った輪に茶色い革紐を通しただけの、実に素朴な首飾りだ。

顔に触れている手に気を逸らされているうちに、左手一本でこっそり首に掛けられていたようだ。その手際の良さに、ヴィアンカは驚いてしまう。

飾り気はないが、透明度の高い青い輝石は、誂(あつら)えたようにこのドレスとピッタリだった。

そこで不意に思い出したのは、数日前に祖父と一緒に工具箱の中を物色していたナナシの姿だ。

「これ、もしかして……？」

「まだまだ拙(つたな)いですが、手作りです。通いの行商が持っていた原石が、あまりに素晴らしかったので、どうしても貴女に贈りたくて……研磨までは無理だったので、そこだけガガットにお願いしました。あと、本当は指輪にしたかったんですが、野山を駆け回る貴女の邪魔になるだろうと思って、強度のことも考えて鎖ではなく革紐に」

まるで言い訳をするように細かく説明する彼に、ヴィアンカはすぐには返事ができなかった。

「やはり、きちんとした宝飾店で作ってもらった方がよかったですよね？　ただ、温泉御殿の帳簿付けの報酬数ヶ月分では、これが精一杯で。あっ……別に報酬の額に不満があるわけではないんですよ、断じて！　それに、この村の金物屋の主はどうにも口が軽いしっ……？」

「ちゃんと嬉しいんだから、もういいって！」

気に入らなかったのだと誤解し、なおも弁明を続けてくるナナシを、ヴィアンカは遮(さえぎ)る。声が掠れて情けない。自分でも分かるくらいに泣きそうな湿った声だ。

それは、目が見えないせいで気配に敏感になっているナナシにも、簡単に知られただろう。

「ええっ、済みません！　ヴィアンカ、泣かないでください！　イグナシス様に死ぬほど怒られます！　フリッカー王子にも知られたら、ナントカっていう大型危険生物の餌にされるっ……」

慌てふためく彼は、何だか聞き覚えのあることを言っていて……泣きたくなっていた気持ちがだんだんと解れ、ヴィアンカはおかしくなってくる。

「あははっ……せっかく、……すごく素敵だったのに」

「……いずれ、これが持続できるように頑張ります」

声を立てて笑い出した彼女に、ナナシも心底ホッとした様子で破顔した。

ナナシの着替えを手伝うと申し出た祖父と弟には、余計なことを言うなと釘を刺しておいたのだが、それも効果がなかったらしい。かなり怖い脅しを掛けられているようだ。申し訳ないが、本気で怯える彼は最高に不憫で面白い。

「いいの、ずっとそれくらいでいて。心臓が持たないから。あたしは今のままが幸せ」

一頻り笑って緊張が解れた口から、素直な気持ちが出る。

「……だとしたら、私も幸せです。貴女の幸せが、私の幸せですから」

ようやく笑顔になったナナシが手を差し伸べてきた。

「じゃあ、今日からもっと幸せになるよう頑張ろうか？」

「はい、お互いに」

その腕に自分の腕を絡ませ、ヴィアンカが告げた言葉に、彼はしっかりと首肯(しゅこう)した。


しかし、幸せいっぱいに控えの間を出た二人はまだ知らない。

大口を開けて笑ったせいで、ヴィアンカの唇に塗った口紅が若干はみ出していることに。

そして化粧直しの間、あらぬ疑いを掛けられたナナシが、親戚の男性陣から苛烈(かれつ)な取り調べと説教を受けることに……婚礼式の開始を待ち望む村人達は、それから一刻の間、訳も分からず待ちぼうけを食らうのだった。

新感覚ファンタジー
RB レジーナ文庫

私が女だと、貴方は知らない――

レジーナブックス Regina

アイリスの剣 1～4・外伝

小田マキ　イラスト：蒼ノ

価格：本体 640 円＋税

病弱な兄に代わって家を継ぐために、男として生きることを決めたブルーデンス。性別を偽り、アイリス騎士団の中でも誉れ高い精鋭部隊の副隊長を務めていた。しかし、思いがけず弟が誕生し、彼に当主の座を譲ることになる。そんな彼女に両親がつきつけたのは、女の姿に戻り、元上官のもとへ間諜として嫁ぐことだった――

詳しくは公式サイトにてご確認ください

http://www.regina-books.com/

携帯サイトはこちらから！ 

新感覚ファンタジー
レジーナ文庫

地味系女子が異世界の妃候補!?

異世界取り違え王妃

小田マキ　イラスト：カトーナオ

価格：本体 640 円＋税

日本人とイギリス人のハーフだが、外見は純日本人のエリ。彼女はある日、虹色の大蛇に異世界に召喚されてしまった。大蛇によるとエリは手違いで地球に生まれたが、本来は次期国王候補デュカリアルの運命の相手だという。しかもデュカリアルは、嫌がるエリを一カ月以内に口説き落とすと宣言し――!?

詳しくは公式サイトにてご確認ください
http://www.regina-books.com/

携帯サイトはこちらから！

新＊感＊覚ファンタジー！

Regina レジーナブックス

イラスト／アズ

★トリップ・転生

リセット1～11

如月ゆすら

天涯孤独で超不幸体質、だけど前向きな女子高生・千幸。彼女はある日突然、何と剣と魔法の世界に転生してしまう。強大な魔力を持った超美少女ルーナとして、素敵な仲間はもちろん、かわいい精霊や頼もしい神獣まで味方につけて大活躍！　でもそんな中、ルーナに忍び寄る怪しい影もあって——？　ますます大人気のハートフル転生ファンタジー！

イラスト／gamu

★トリップ・転生

死にかけて全部思い出しました!!1～4

家具付

怪物に襲われて死にかけたところで、前世の記憶を取り戻した王女バーティミウス。どうやら彼女は乙女ゲーム世界に転生したらしく、しかもゲームヒロインの邪魔をする悪役だった。ゲームのシナリオ通りなら、バーティミウスはここで怪物に殺されるはず。ところが謎の男イリアスが現れ、怪物を倒してしまい——!?　死ぬはずだった悪役王女の奮闘記、幕開け！

詳しくは公式サイトにてご確認ください。

http://www.regina-books.com/

携帯サイトはこちらから！

新＊感＊覚　ファンタジー！

Regina
レジーナブックス

イラスト／藤小豆

★トリップ・転生

訳あり悪役令嬢は、婚約破棄後の人生を自由に生きる

卯月（うづき）みつび

第一王子から婚約破棄を言い渡された、公爵令嬢レティシア。その直後、前世の記憶が蘇り、かつて自分が看護師として慌ただしい日々を送っていたことを知った。今世では、ゆっくりまったり過ごしたい……。そこで田舎暮らしを始めたのだけれど、なぜかトラブルが続出して――。目指すは、昼からほろ酔いぐーたらライフ！　お酒とご飯をこよなく愛する、ものぐさ令嬢の未来やいかに⁉

イラスト／八美☆わん

★恋愛ファンタジー

天使と悪魔の契約結婚

東（あずま）万里央（まりお）

訳あって平民生活をしている、元子爵令嬢・セラフィナ。ある日、彼女は危険な目にあったところを突然現れた公爵・グリフィンに助けてもらう。しかし、それは偶然ではなく、「契約結婚を申し込むために君を探していた」と言うのだ！　セラフィナは二年間の契約が終わったら再び自由に暮らすことを条件に、結婚を受け入れることにしたのだが……

詳しくは公式サイトにてご確認ください。

http://www.regina-books.com/

携帯サイトはこちらから！

アルファポリスWebサイトにて
好評連載中！

原作 ふじま美耶 MIYA FUJIMA
漫画 村上ゆいち YUICHI MURAKAMI

異世界で『黒の癒し手』って呼ばれています 1〜4

好評発売中！

異色のファンタジー
待望のコミカライズ！

ある日突然、異世界トリップしてしまった神崎美鈴（かんざきみすず）、22歳。着いた先は、王子や騎士、魔獣までいるファンタジー世界。ステイタス画面は見えるし、魔法も使えるしで、なんだかRPGっぽい!?　オタクとして培（つちか）ったゲームの知識を駆使して、魔法世界にちゃっかり順応したら、いつの間にか「黒の癒し手」って呼ばれるようになっちゃって…!?

シリーズ累計
29万部突破！

＊B6判　＊各定価：本体680円＋税

アルファポリス 漫画　検索

RC
Regina COMICS

大好評発売中！

［原作］Maki Yukinaga 雪永真希　［漫画］Rika Fujiwara 不二原理夏

側妃志願！1
SOKUHISHIGAN

アルファポリスWebサイトにて好評連載中！

待望のコミカライズ！

清掃アルバイト中に突然、異世界トリップしてしまった合田清香（あいだきよか）。親切な人に拾われ生活を始めるも、この世界では庶民の家におふろがなかった！　人一倍きれい好きな清香にとっては死活問題。そんな時、国王の「側妃」を募集中と知った彼女は、王宮でなら毎日おふろに入れる…？　と考え、さっそく立候補！　しかし、王宮にいたのは鉄仮面を被った恐ろしげな王様で——!?

＊B6判　＊定価：本体680円＋税　＊ISBN978-4-434-23863-5

アルファポリス 漫画　検索

小田マキ（おだまき）
香川県在住。2010年にweb小説の存在を知り、執筆を開始。うどんで大事なものはダシではなくコシ、ペンネームの由来もうどん料理からと、根っからの讃岐人。

イラスト：カトーナオ
http://kato-nao.jugem.jp/

ファーランドの聖女（せいじょ）2

小田マキ（おだまき）

2017年12月4日初版発行

編集－河原風花・及川あゆみ・宮田可南子
編集長－塙綾子
発行者－梶本雄介
発行所－株式会社アルファポリス
〒150-6005東京都渋谷区恵比寿4-20-3恵比寿ｶﾞｰﾃﾞﾝﾌﾟﾚｲｽﾀﾜｰ5F
TEL03-6277-1601（営業）　03-6277-1602（編集）
URL http://www.alphapolis.co.jp/
発売元－株式会社星雲社
〒112-0005東京都文京区水道1-3-30
TEL 03-3868-3275
装丁・本文イラスト－カトーナオ
装丁デザイン－ansyyqdesign
印刷－大日本印刷株式会社

価格はカバーに表示されてあります。
落丁乱丁の場合はアルファポリスまでご連絡ください。
送料は小社負担でお取り替えします。
©Maki Oda 2017.Printed in Japan
ISBN978-4-434-24005-8 C0093